爆籃

絕殺時機

殷培基

爆籃 絕殺時機
作者／殷培基
策劃編輯／賴百樂
協力編輯／羅詠恩
美術設計／陳詩韻
插圖／曾月泉
出版發行／突破出版社
香港沙田亞公角山路 33 號突破青年村
電話：2632 0000　傳真：2632 0388
電郵：breakthrough@breakthrough.org.hk
網址：http://www.breakthrough.org.hk
http://www.btproduct.com
承印／陽光（彩美）印刷有限公司
2020 年 9 月初版 1 刷

Buzzer Beater
by Yan Pui Kei Kevin
First Printing, First Edition, September 2020

Printed in Hong Kong
ISBN 978-988-8562-32-9

誠邀閣下就突破出版社的書籍發表意見
歡迎加入突破書籍 Facebook page — http://www.facebook.com/btbooks.page
本書採用環保油墨印刷

成長文學

目錄

自序

書寫這篇自序的時候，是在完成整部小說之後，也正是我的偶像：NBA 天王巨星 Kobe Bryant 因直升機失事而離世的日子。相信全球球迷都不能接受這個突如其來的噩耗，我也由清早六時得知這個消息後，眼淚一直沒停過，好不容易才冷靜下來，卻在網上平台看見不少紀念他的視頻後，眼淚又湧出來了。

直到深夜，此時此刻，十二時二十分，才暫時平復了傷痛，開始寫關於《爆籃絕殺時機》的序。不過這篇文章，若說是序，則有點偏離了。我只想在此借個空間，向 Kobe Bryant 致敬！

一九九六年，我升讀大學一年級的那一年，在偶然的情況下，參加了大學籃球校隊的選拔，那時的選拔大概有七、八十人左右吧！（至於實數忘記了，可能稍多不定。）當中包括原有的校隊球員（後來的老死、隊友），也包括去年落選過的二年級生，而更多的是和我同齡的一年級生。當天，我參加的選拔，原來已是第三天的甄選，後來才知選拔過程歷時四日，每次由傍晚六時半到晚上九時半，而我，首兩天沒出現，也沒報名參選，難怪當時有不少奇怪的目光向我投過來（自我認為），「怎麼這個人前兩次選拔都不出現？」實情是那天體育課完了，我見有位挺厲害的球手出現在場館內，於是膽粗粗和兩個體育系的一年級生組隊挑戰，後來才知對手是校隊隊長，而兩個體育系的學生原來也準備當晚的選拔，還問我是否一起來，我見好像挺有意思，便應承留下來參加了。

經歷了四次第一輪選拔後，再經過次輪的挑選，我終於被選入最後的十二位正選球員。從此，我的大學校隊生涯，正式痛苦地展開！那一年，NBA有一位新人勇奪明星賽入樽大賽的冠軍，他就是 Kobe Bryant。從那時開始，除了 Michael Jordan 的公牛之外，我找到了另一個可以追隨的偶像了，Kobe 跟我年齡相若，卻能站在世界最強的籃球舞台上挑戰列強，那是一件多麼厲害的事！

及後，我在大二時擔當副隊長，三年級生的時候，我當了隊長，這不是什麼成就，反而意識到有一份責任，與兄弟們拚命鍛煉，拼盡全力挑戰其他大學校隊，擔當着帶領、支持及凝聚隊友的責任。那時候我常思考：「球隊領袖是怎麼的一回事？」那時我的答案是表面的，是膚淺的，是教條和套語式的，一味沉醉於個人英雄主義，看着自己和隊友，也看着 Kobe、Allen Iverson、Vincent Carter 等新星成長，當中最觸動我的，是他們百折不屈、遇危難而不退的精神。我會幻想：「我也可以吧！」

在那三年的大學生活中，除了課堂，多數時間都在體育館中的健身室、室內球場度過，不說不知，其他學系的球友或校內系制籃球比賽時的對手，看見我代表中國語言文學系出戰時，才驚覺我原來不是體育系的。對！我是大學中國語言文學系的學生，也是當時唯一修讀中國文學的籃球運動員。在我三年的大專盃賽事的生涯中，實感羞愧，未能為校奪獎爭光，成績也不突出，或許只在一些小盃賽中得過一些獎而已，但不打緊，有一種堅忍的體育精神一直種在我的內心，今天回想，這該是 Kobe 的「曼巴精神」（The Mamba Mentality）吧！（意謂永不放棄，不在於結果，而是追求結果的過程）

回顧自身的籃球成長歲月，我沒想過離隊、沒想過放棄。除了是加入校隊，有一份光榮感外，也因為在訓練的過程中，打從心底的，生出一種苦撐、力撐、咬緊牙關的不死精神，做白日夢多了，總幻想自己能像 Kobe 一樣，並以他為模範，燃燒無窮鬥志，打出連場好波。當他於一九九六年「出道」，以高中生之名，第十三順位被選中起，我一直關注他的比賽直播或轉播，那時候還沒有什麼智能手機、網上視頻平台，YouTube 也未誕生，我只是從體育雜誌和報章得知他如何要求自己、鍛煉自己，那是我讀了會冒汗和佩服的非人生活，當我在抱怨教練對我們殘酷的虐待時，他簡直就是自殘吧！在某個訪問中，他透露自己比一般球員都認真看待訓練，且是刻苦的訓練，為的就是要偷走籃球之神 Michael Jordan 一切絕技，以至任何前輩的技術，一絲不苟，即使細微至只是一個步法的轉向，或一個跳投時接球的動作，他都不惜一切，只為勝利，只為籃球。「我可以像他這樣執著和堅持嗎？」我想。

我想。不能光想！所以我效法。（至於如何效法，在此不表了。）後來，他的成就眾所周知，紀錄無數，留下的不單是每一場比賽的畫面，不單是數據和獎項，而是他的「曼巴精神」，這種「曼巴精神」不屈不撓，抱擁挫敗，轉化成功，的確值得我們在做任何事情上多加思考和借鑑。至於我的大學籃球生涯，雖有自以為是的時候，總以為自己比別人強，但我按照「曼巴精神」來詮釋，認為自己比別人強是需要的，卻同時需要更多的謙卑。天地很大，那一年在美國，有一個跟我年紀相若的高中生，在夢寐以求的NBA世界裏打出自己的一片青天，然後經歷無數傷患和失敗，最後成了永遠的傳奇。

多謝你，Kobe！多謝你二十二年來，在我的籃球生命裏留下豐富色彩。

殷培基

序還歸序，《爆籃 絕殺時機》的故事也藏着許多關於失敗和重生，兄弟、宿敵間的互相扶持，這集羣雄聚義，要角的故事，也是我堅持《爆籃》總帶着正面信息的故事，殷青藍VS上本直宏，李琪VS名越川，凌昭如（現在）VS凌昭如（過去），還有馮英、楊濤、郭子丹、黃庭軒，每個球員都有其個性，有其困難，且看他們如何克服和應對，當中，希望你能找到一絲半點的啟發。

第一章：黑鷹八線・智珠在握

1 交鋒時刻

明明是短短的十五分鐘路程，偏偏似漫漫長途。

老舊荒廢的體育館外牆日久失修，裂痕張狂地四處伸延，安裝在外的冷氣機像個心臟病突發的病人，開動的時候，心律狂跳，時而劇震，時而絞動，連帶周邊淤塞的水喉管、生滿鐵鏽的支架都被波及，在共震之下發出轟轟隆隆的聲響。經常在這邊跑步的街坊都感奇怪，衰落了四年的舊式體育館，怎麼陡生吵耳的震盪？裏面會有人使用嗎？

他們當然不會知道，今天晚上有一支復仇大軍在裏面秘密練兵。

在開賽前的三十分鐘，他們收拾行裝，總教練殷耀榮招聚眾將，圍成一圈，在出發前訓勉幾句：「由這裏到比賽場館步行十五分鐘。這十五分鐘路程雖短，但回顧開季之初和賽季中途，我們都被『騰龍』打敗。這兩個月的特訓和部署，的確好漫長啊……屠龍大計由始至終，經過我們一起辛苦鑽研、試驗及佈局，為的就是今晚。來吧！這一戰，非勝不可。」

「非勝不可——！」

隨着「太平洋石油」上下齊心的喊叫，環迴震盪，引得體育館忽地發出轟隆一聲，猶似一名老將舊兵，雖不能再戰，也奮力吶喊助威，伴送眾將列陣行軍，朝大門走去。走在隊後的「獵豹天皇」殷青藍剛步出體育館，深呼吸一下，回首一望，已見泛黃慘白、斑駁蛀爛的外牆裂縫處處，疑似一股暗勁慢慢撐開，他把裂痕想像成戰略的路線——阮志成手上的「黑鷹八線」——正是今晚的屠龍關鍵。

相信阮志成從沒想過自己智珠在握，以財雄勢大的籃壇強權之姿空降於地區聯賽，竟遇上本地眾多球隊聯手反抗，更料想不到今晚——常規賽最後一戰，對手「太平洋石油」在賽前五分鐘才現身球場。「他們裝什麼？裝強嗎？我還以為怕而避戰！」助手在他身旁討論着。

環顧場館內上萬觀眾的反應，當「太平洋石油」五大天王進場一刻，雷動的歡呼和拍掌聲都在告訴阮志成一個事實——今晚一戰很有意思。好戰的他不禁揚起一絲興奮的微笑，截住了助手們，道：「他們怎會避戰？殷青藍、黃庭軒、李琪、楊濤，還有新人王郭子丹，都是好戰分子呀！」

正面交鋒的時刻已如弓上快箭，放手相搏。

雙方五名正選盡出，滿足全場觀眾的追星意欲。「太平洋石油」五大天王上陣，收起了台灣中鋒何偉華，改以快速敏捷的小球陣容（Small ball）出戰，楊濤負責跳球搶點。「那是首次排陣啊！」旁述仍是經驗豐富的「通天眼」顏四海（顏爺），續道：「看來總教頭殷耀榮微調了佈陣部署，用楊濤充當中鋒，郭子丹全主控，連絡兩位鋒衞，開季至今第一次用這安排！」

另一旁述趙慶言曾任多屆國際賽主裁判，慧眼看比賽，眼光自然獨到，亦附和道：「阮志成的『騰龍』收起了南美球員古方，以季中新加盟的『上海狂鯊』——于超當先發得分後衛SG（Shooting guard）。此子二十七歲，正值大熟大勇，阮志成豪擲百萬邀請加盟，今季出戰十八場，每場均出戰二十分鐘，得12.8分、5.4個籃板、2.2次偷球，數據相當全面和亮眼。由他對上『太平洋石油』的神射手李琪，有看頭啊！」

這是一場壓逼感極高的比賽。「太平洋石油」以小球陣容對撼「騰龍」的雙塔戰陣。而賽事亦由李琪命中的超遠距三分球掀起戰幔。

片段回顧，于超定要暗罵自己，只顧回頭看着楊濤搶點，忘了守着的眼前人，正是港區三分球第一人。

「上一仗，因為慢熱，所以苦戰。今仗我的右手已冒火三丈了。」李琪拍了自己胸口一下，盯住前方的籃框，只有眼前的這一個橙色圓環，是他的終極焦點。

「楊濤的運動神經，當然稍勝對方昂藏七呎的中鋒尹熙順，搶得先機一拍，殷青藍攝身一上截了下來，即時往前場傳去。李琪窺準于超回頭一刻，人如箭發，接應傳球，就在三分線上後兩步，乾淨爽快地出手——中！」旁述趙慶言說罷，「太平洋石油」五大天王已經佈好了防守——「嘩！半場陷阱壓逼防守，還一個盯一個……」

「子彈」郭子丹　VS　「土耳其暴風」K．艾沙

「白虎」李琪　VS　「三隻手」于超

「獵豹」殷青藍　VS　「巨鎖」秦泰和

「暴龍」楊濤　VS　「天門」尹熙順

「黑鷹」黃庭軒　VS　「MAILMAN」Mike Mitchel

「子彈」郭子丹VS「土耳其暴風」K・艾沙

面對眼前的郭子丹，K・艾沙已暗有盤算。賽前他已不止一次，翻看了一整季的「子彈show」，跟團隊細心研究郭子丹每一次起動的小動作、防守的横移開合幅度、慣性移動的方向和走位路線，甚至左右手運球的習慣。以一位征戰沙場多年的戰將而言，敗過一次就好足夠了，他牢牢地記着季初一仗，連續三次被這顆子彈「穿胸破腹」的羞恥，明白輕敵是致命傷，一不留神便會成為散彈槍下的亡魂。

K・艾沙控球上前，跟隊友做個手勢，心忖：「給李琪的三分球打開紀錄不要緊，制服一支球隊，必先制服球隊的主控衞，要他攻防失調。郭子丹啊！本季新人王嗎？是時候好好上一課了。」

球場上用人盯人防守的球隊都有共同之處，就是球員個人的能力必定要均等。因為聯防以互補和移動防守為本，講究團隊的配合。緊逼人盯人，雖則講求隊友之間的互換互補，但更先要強調球員自身的個人防守能力。整季下來，郭子丹在得分、助攻方面，都是眾新人之中最耀眼的，但提及到個人防守，可以進步的空間還多着呢！

「是右路突破！」郭子丹的速度，除了快之餘，也自信於高速閱讀對手進攻招式的能耐，往往能佔先機、斷去路。當下K·艾沙晃身一動，切右的第一步頗快，但若要比速度，郭子丹只會更快，橫移右後方後退，擋住去路。豈料K·艾沙步法一轉，在右路的顏色地帶上忽地一停，轉成背靠單打，尹熙順讓出右路，拉開空間，形成「四、一陣式」單打進攻，以六呎六吋的高大身軀壓住五呎十一吋的郭子丹強打。「聰明啊！攻打郭子丹最佳的方法就是以身高和力量壓迫籃下，如在運球切入或遠投跳射方面比鬥，K·艾沙未必搶到甜頭。」「通天眼」顏爺大讚「騰龍」教練的針對性進攻。

人盯人戰術講究球員自身的防守力，這一點肯定沒錯。但與此同時，也要考慮對位配置，若構成錯對防守，便會形成失分缺口。郭子丹的防守能力雖然不弱，可惜面對轉了進攻模式的Ｋ・艾沙，確是始料不及。「他用背靠低位進攻？」郭子丹料不到Ｋ・艾沙放棄了最耍家最擅長的切入剷籃，而是假意切入，在籃底突轉內線壓籃，每運球壓入一步，便感到一頭雄壯的牛撞進來的巨力。「為了對付你，我特意改變打法呢！嘿……我吃定你了。」

此刻，在「太平洋石油」的領土上，楊濤被尹熙順牽制着，不敢協防，只要稍一離開尹熙順，就等同中門大開，邀請對手入屋取分。「楊濤、李琪和黃庭軒都被牽制住了，我看啊！就只有殷青藍……」另一旁逃趙慶言似乎看破殘局。沒錯！殷青藍防守着的秦泰和並非主攻手，最有條件分心的就只有他……不過，秦泰和正跟Mike Mitchel在弱邊單擋，令殷青藍難以抉擇，要協防還是緊守？不用多想了，Ｋ・艾沙已力壓郭子丹，在籃下Spin Move Fade Away投進兩分球，還搏得郭子丹犯規。在投進罰球後，三比三平手，Ｋ・艾沙盯了郭子丹一眼，像說：「小個子，我會慢慢宰割你！」

「白虎」李琪 VS「三隻手」于超

47：40。于超算是不賴了。

自以為看穿「太平洋石油」的「黑鷹八線」戰術嗎？偏偏，來到第二節的主攻，並非「黑鷹天皇」黃庭軒啊！他僅僅殺下八分而已。真正的主攻，是火辣辣的李琪。雖然K．艾沙在郭子丹身上強打得分，但殷青藍在暫停後得到主教練的首肯，不時協防，阻斷了K．艾沙的進攻，還得到臨場指揮的兵符，由他代替郭子丹擔任控球……

「讓子彈飛！」殷青藍深知眼前的秦泰和守強攻弱，不宜在進攻端上硬碰，不如協助組織攻勢，好讓郭子丹盡情發揮其進攻速度！「楊濤！弱邊（weak side）！」殷青藍揚手一嚷，楊濤即時為郭子丹在弱邊單擋，然後順勢轉身切入來多一個背擋，李琪醒目地一晃身，騙過了于超，殺出底線！當眾人都以為郭子丹變速，切入中路接應殷青藍的傳球之際，楊濤為李琪製造的單擋才叫致命——傳、接、快射、三分球命中！

50：40。

黃庭軒呢？衝上前去搶籃板嗎？不！他在中線，隨時擔任Last Guard，慎防「騰龍」的Early Offense。

「通天眼」顏爺乾笑兩聲，以全知角度般的分析戰況，道：「看來『騰龍』班主阮志成算錯了，K．艾沙和Mike Mitchel的攻擊力雖強，尹熙順的籃板威力亦不俗，就是一點，令他們無法追近。」

身旁的趙慶言問道：「是哪一點呢？」

「三分球啊！」顏爺一語中的，指出一個重點：「騰龍」收起了射手古方，亦沒有派另外兩個具遠射能力的角色球員上陣，「小偷」于超雖然偷球了得，擅打快攻，刻下也搶斷了三、四次，單打快攻得六分和兩個助攻。可是，李琪的無球走位接應技巧實在太好，拿捏的時間和位置皆極準確，每每利用切線、過底和單擋，令于超走進他佈下的迷宮中。「可惡！他想走去哪？」于超昏頭轉向，又忖：「他們的黑鷹八線戰術有這路線的嗎？黃庭軒既不是主攻，李琪的無球走位又不像那八個戰術，到底是什麼玩法？」

于超一邊想一邊追，且追得極緊極近，卻在以為追得到、封得住的時候，李琪總是先他一着，接應傳球，起手——命中！這種利用隊友掩護、無球走位的技巧，須憑藉不斷的跑動，來回的折返和變向，配合默契了然的隊友，在擋切之間製造投籃的縫隙，當中的表表者如NBA名宿Reggie Miller、Ray Allen，亦如現今當時得令的Stephen Curry、Klay Thompson，他們都是絕頂聰明的掠食者，只要覓得那一剎的時間縫隙，Catch and Shoot便是最直接最成功的獵殺方式。

「混帳！這混蛋改變了打法！一直以來，他都以定點發炮聞名，而且最近兩仗，都沒多見這種游擊戰略。」于超的閱讀球賽能力極高，今仗由第二節開始，李琪便一直用這種看似無定向的走位路線，頻頻得手。「每次我都算到他的接球位置，可惜每次都慢了半個拍子，太討厭了！這種貓捉老鼠的遊戲！」

正當于超再次窺準李琪接球的時機，李琪已經接球在手，心中暗笑，忖：「撲過來封阻吧！即管來啊！」

「糟！」于超醒悟已是太遲，飛身撲守的一刻，暗暗叫苦：「陷阱！」

咇——！球證鳴哨，于超打手犯規，李琪投進三分球兼得罰球。他輕吹着自己正在 On Fire 的手指，Hot Hand Right Now！

「青藍，傳球時間真準！」李琪跟殷青藍振臂擊掌，背後又怒又呆的于超，猶如失意的軍人，只聽見「騰龍」球迷傳來陣陣叱喝聲。

「獵豹」殷青藍VS「巨鎖」秦泰和

事實上，論本地籃壇最強的小前鋒，殷青藍當屬第一人。他沒有特別擅長及專屬的進攻招數，也沒有特別壯碩橫練的身形，控球甚佳，卻不算運球高手，中遠距離和三分射程皆有，但不算是純射手，球隊面對絕殺的時機，總教練殷耀榮會先選擇李琪和楊濤，才會想到他，現在還多了一個黃庭軒，所以要當關鍵時刻殺手可能又得讓一讓。

不過，他是最強球團不可或缺的一塊拼圖，任何一隊都想得到像他這一類型的球員。

「他啊！要進攻時懂得狂攻，要防守時可以死守，速度高、反應快、閱讀球賽能力強，高度配合戰術變化，知進知退，冷靜、沉着，如隱身於黑夜的刺客，在球場上的位置感極強，即使不觸球，都可以融進體系之中。」

「好了！要讚的都讚夠了。我只想知道如何把他鎖死。」

賽前的會議室內，主教練、秦泰和正在跟阮志成進行會議，討論如何克制殷青藍。豈料秦泰和一邊看着殷青藍的比賽片段，一邊讚賞這個叫他極欣賞的對手。

「我跟他交過一次手。我知道他的第一步極快，我知道他的仰後跳投極準，而且左右手皆能出手射三分球，是極難得的悍將。但只要鎖起他的第一步，至少可以減低他三分一的進攻火力。」阮志成道。教練團立即抄下這個大老闆的話。

怎料秦泰和並沒有唯唯諾諾，一味讚好，還微微把頭搖了兩下，吁一口氣，發表另一見解：「殷青藍最可怕的地方不是第一步和仰後跳投。」

教練團乍聽之下，額角冒起冷汗，哪有人夠膽跟阮志成唱反調？偏偏，阮志成愛聽！因為他也是一個愛接受挑戰的狂人。

秦泰和續道：「封鎖他的第一步固然重要，但要視乎他是否持球在手。我看……

不讓他持球，切斷他接球路線最實際。又或者，每當他接應傳球，都要逼他在一個非進攻區域接球。」

「你有信心做到？」阮志成蠻滿意地點頭，卻又語帶挑釁：「說得出最好做得到啊！」秦泰和看着老闆，霍然站起，挺胸一拍，昂然道：「我『巨鎖』，已經在韓國聯賽連奪三屆最佳防守球員了。」

回到比賽之上，李琪跟殷青藍擊掌後，緩緩步上罰球線，氣定神閒地主射罰球。比賽至今，秦泰和一直纏在青藍的身邊，不讓他有半分衝搶籃板的機會。他道：「上半場快完了。覺得怎樣？場均攻入二十四分的你，到此為止僅得六分，是不是不太習慣？」

殷青藍專注着李琪的罰球和隊友的卡位，隨便回了一句：「你應該知道，激將法於我，不管用。」

秦泰和只笑不語，因為他知道殷青藍即使有多冷靜，亦只是假裝而已。每一波攻勢，他都逼得殷青藍在遠離三分線的位置上接應，對於劊籃切入和急停跳射類型的球員，位置感頓失，只好做些傳接的工作。當然以殷青藍的實力，傳和接、組織攻勢等戰術自是沒甚難度，而且在助攻方面屢見妙傳，就只是——沒法得分。

「我接球的位置讓我沒法掌握進攻節奏，這傢伙亦鎖死了我的發動。」殷青藍接應楊濤的回傳，卻在三分線後三步，黃庭軒利用楊濤的高位單擋，擠出半分空間的接應時機，卻在殷青藍的猶疑間一閃即逝，只好順應路線切底、轉向。秦泰和暗中狡黠一笑，微上半步，窺準機會一挑一抄，把殷青藍手上的球抄走，直向「太平洋」的禁區疾衝而去，殷青藍反應自是不慢，卻始終慢了一秒，追趕之際，秦泰和已經一開步壓籃，搶下兩分。

上半場最後兩分鐘，「太平洋石油」以六十分領先「騰龍」的四十八分。然而論及氣勢，二者仍不相上下。

半場休息

上半場最終以64：50告一段落。

半場休息時間，兩隊返回更衣室，又是另類的爭戰。

失誤常有，強如Michael Jordan、Kobe Bryant、LeBron James等超級球星都一樣有失誤。不過，他們在心理和精神上的失誤相對較少，那是「大心臟」的問題。此刻的殷青藍正正處於自責和無奈的心理關口，即使外人看不出來，經驗豐富的球員必定看得出來。

國手級的防守悍將親自招呼殷青藍，的確是一項高度挑戰，恍若登峰，秦泰和正是這座高山，險峻難攀，他的防守直如奇岩怪石、荊棘橫生，難以預測的他，防守腳步和位置，都教殷青藍陷進攻力啞火的泥沼。「青藍，你守得好好！」黃庭軒拍拍殷青藍的肩膀。

「別在意沒有參與取分。這方面，交給我吧！」楊濤向來喜歡開玩笑，又道：「秦泰和在你防守下只得四分，厲害！」

「師兄！我和子丹等你的妙傳啊！」李琪和郭子丹走到殷青藍跟前，給他一塊戰略板，板上畫了八條路線。李琪道：「教練說，下半場，用來屠龍的真正黑鷹八線，由你來主導。」

「對！青藍，我想由你控球，子丹休息。庭軒和李琪作弱邊的主攻線，你和楊濤先來個高低擋拆戰術，啟動屠龍大陣。」殷耀榮仍對兒子滿有信心。事實上殷青藍並非頹唐失志，他只是怪責自己找不到方法來破解秦泰和的防守。可是如今，殷耀榮的戰術調配指示，正好給他一個機會，想方設法吃掉對方的防守大將。

另一邊廂，「騰龍」正着力研究一個問題——黑鷹八線的主力黃庭軒毫無動靜。那八條線道的執行似有若無，雖知不一定由黃庭軒發動，卻不能沒有他參與其中。「這戰術不是圍繞他而設嗎？」負責防守的 Mike Mitchel 回顧上半場，感覺自己好像在防守一個可有可無的綠葉閒角。「我們高薪挖角聘來的兩個『太平洋石油』助教，都說這套戰術為黃庭軒專用……」教練團中負責研究防守的助教提及：「季初，他們曾鬧內訌，後來為了平息，就研發了這個……」

「別說了！肯定聘錯人了。那兩個是臥底。」當中有人頗為激憤。

然而主教練做個「安靜」的手勢，壓住了眾人的起哄，道：「不用放在心上。我們要打出我們的節奏，懶管什麼戰術？」又道：「下半場！我要強打楊濤。尹熙順，是你表演的時候了。」

「暴龍」楊濤 VS「天門」尹熙順

「天門」尹熙順成名甚早，十六歲被破格選上南韓國家隊任後備，打法成熟，以六呎十一吋的身高，鐵血硬漢式的防守著稱，出道至今十四年，年年交出雙十數據，是一名韓籍名將。然而，唯一遺憾的是，直到現時為止，從未奪得任何一項國際聯賽大獎。「狂人」阮志成正看準這一點，他以建立「大東亞聯盟」為利誘，收歸旗下，先戰港區聯賽，再戰亞洲聯盟。

「暴龍天王」楊濤面對的，是一道極高的天門。六呎十一扛打中鋒，以NBA標準而言不算高，但別忘記，在NBA的狂獸叢林中，彈力強、防守硬、作風狂的苦力防守型中鋒大有人在，昔日的Charles Oakley、Ben Wallace，今日的Draymond Green和──「騰龍・天門」尹熙順！

「砰！」

「嘩……整道門爛了，給一頭暴龍硬生生咬崩了一角。」旁述趙慶言一句玩笑，掀起全場球迷海嘯式的歡呼。

楊濤自己也沒想過剛剛這一球，能帶來如此震撼！

「騰龍」那邊的觀眾席呆了，後備席上的球員也給嚇傻了，半掩着臉避開鏡頭，暗下竊笑尹熙順的不濟，咬牙切齒拍打大腿表示不滿！

球證鳴哨，還判尹熙順打手犯規。事情是這樣的……

殷青藍笑了！守死了他的秦泰和不明所以。「真的，我得承認你的防守打亂了我。不過那是上半場的事。」

「什麼？」秦泰和專注守着控球在手的殷青藍，慎防他起動切入。「他的第一步，他的第一步！別給他發飆的機會！」

「左邊單擋！」尹熙順在秦泰和身後喊着，可是秦泰和的腦海突然當機，沉迷在

「殷青藍會用極快的第一步突破剷籃，收回上半場的失地」這個想法。

也不知道什麼原因，為何秦泰和忽然有這執迷的想法。不管了，楊濤已到位，單擋成形。「秦泰和這個白癡聽不見麼？」尹熙順火上心頭的一刻，秦泰和已被擋開，殷青藍強勢殺進禁區，楊濤 Pick and Roll 回身——尹熙順箭步上前封阻殷青藍去路，卻明知正中下懷，也得先補缺漏——果然！殷青藍高拋一記「拆你屋」（空中接球灌籃），尹熙順回身一躍，欲全力封殺之際，楊濤已經空中接球，力拔山河、張開暴龍似的血盆大口，朝籃框，力壓尹熙順單手入樽！

倒地一刻，尹熙順的腦海一片空白，只聽見三種聲音：一、球證判罰鳴哨；二、球迷的狂喊；三、老闆阮志成的臭罵。

「喂！快站起來啊！我陸續有來！」楊濤悶哼着，冷道：「『天門』，哼！我吃定你！」楊濤投進罰球之後，倒退着走，部署半場人盯人的防守陣式。「天門」尹熙順抱着一腔老羞成怒的火衝着楊濤去。剛剛那一記空中接力的入樽何其侮辱？在幾千個觀眾面前被楊濤空襲得手，無論如何都要還以顏色……「給我！給我！」他睜開怒目，隊友都知他要報仇，便第一時間把球傳到他手上。

Post Up 壓籃技術是中鋒武器庫中必備的種類，講究步法變化和強橫力量，互相配合。「天門」尹熙順貴為國家級別的球員，絕對貨真價實，接球在手，用厚實的背部感應楊濤的手肘，便知道他在背後的防守方向是左還是右，而且籃框與自己的距離和方位，他都知得一清二楚，楊濤也不敢怠慢，明知自己欠身高優勢，便得更聰明地鬥志和鬥力。

「噫！是小天勾？」楊濤萬料不到，尹熙順壓進一步，肩頭撞上他的胸口，借力後轉身，一個 Spin-move 投出一記巧妙的左手小天勾，輕描淡寫，不慍不火，奪回兩分，也奪回球迷的歡呼。

「有意思！有意思！還以為你會強撞過來。」楊濤跑上前場時，跟尹熙順道。

「怒歸怒，人要冷靜。」尹熙順回他一句，兩人竟在攻防轉換間惺惺相識。

完結第三節的時候，兩人的得分不分高下，楊濤單節得十二分，尹熙順得十分。但「太平洋石油」在不知不覺間，被「騰龍」追近至八分差距。

「黑鷹」黃庭軒 VS「MAILMAN」Mike Mitchel

最後一節。

「太平洋石油」兩大天王——殷青藍、黃庭軒仍未見出現不清醒狀態的「得分大爆發」。以賽論賽，「騰龍」秦泰和的確遏制殷青藍的發揮，第三節的時候，殷青藍主控，雖然屢屢突破和單擋得分，卻仍算是可接受程度，許多資深球迷都知道，如果讓他「人來瘋」，「騰龍」沒一個人能抵得住。當下他在一節下來，只得八分和五個助攻，真的要數秦泰和的功勞了，非常稱職。然而，另一個比殷青藍更沉靜的，是主理「黑鷹八線戰術」的黃庭軒，自第二節至今，僅得四分、兩個助攻、一個偷球，簡直跟隱形沒分別。

「不會啦！他豈算隱形？著名 NBA 控衛 Jason Kidd 有一種不控而控的能力，在場上的位置感極佳，每當隊友走位，組織主攻，都能看穿大局，精準掌握空間距離，如今的黃庭軒正正如此，不是不參與進攻，他只是沒持球主攻。球隊主攻，有時不一定要主力持球在手的。」旁述「通天眼」顏爺金精火眼，盯緊場上的黃庭軒，他的一舉一動看似平平無奇，實則暗藏殺機——

第四節，他動了——！

李琪休息，石國忠後備入替，殷青藍續任控球，執行「黑鷹八線」的「連環單擋戰術」。是時候了，黃庭軒自弱邊底線彈出，楊濤和何偉華沿着三分線上設定單擋，擋走了Mike Mitchel，黃庭軒接球在手，依據「騰龍」盜取回來的八線戰術，這一線該是三分球，哪料到是一個三分線頂Pick and Roll？

黃庭軒一個彈地傳球，何偉華切入、Pump Fake、勾手射籃，可是過不了「天門」尹熙順，射球被他撥走，楊濤檢起籃板球，回傳予切入的殷青藍左手上籃，引得秦泰和、Mike Mitchel同時撲來夾擊——那是正中圈套的夾擊。

殷青藍在兩人的夾擊之間，巧妙地後手No Look Pass，傳給罰球線上的黃庭軒，輕鬆投進一記Fade Away兩分球。

「喂！你們偷回來的已不管用。嘿……」楊濤大聲嘲笑着場上的對手，睨了「騰龍」教練團一眼，還指着那兩個變節的助教，給他們豎起大拇指，傳達一個「幹得好」的信息。兩名助教登時嚇得半敗退半逃走，被同席的教練團同事怒目追擊轟炸。

場上的「太平洋五將」：楊濤、殷青藍、黃庭軒、何偉華、石國忠，正是教練的變陣安排。何偉華和石國忠都是防守型的，肩擔大前鋒和中鋒位置，組成一幅七呎內線巨牆，變換成二三聯防陣式，減輕了楊濤面對尹熙順的壓力，同時釋放了他的進攻火力，連同殷青藍轉為主控衛，黃庭軒重返得分後衛的位置，在陣容上變得進退有度、攻防有法。「真正的黑鷹起飛了！」殷青藍向黃庭軒使個眼色，一下加速便壓住了秦泰和，過得半場的時候，楊濤已接應傳球，拉到三分線外，引出了尹熙順，騰出偌大的進攻空間，為黑鷹天王鋪返了振翼的跑道。

單對單防守着黃庭軒的，不是別人，正是本屆常規賽得分王三甲人選——「MAILMAN」Mike Mitchel！一個可以同時出任小前鋒和大前鋒的星級戰將。比賽至今，「騰龍」有三分二的得分，都與這部得分機器有關，這好比九十年代NBA名將「郵差」Karl Malone一樣，得分如派信，使命必達。而且論身形，Mike Mitchel比黃庭軒壯碩，強攻佔優，防守亦見上風。可是，黃庭軒有一強項是Mike Mitchel不可攀比的，就是「隊友」！殷青藍和楊濤拉開空間，何偉華高位擋拆，石國忠的零度位牽引力極強，單這陣式已經看得出隊友們願意配合，成就這屠龍一仗——切入！是高速突破！

黃庭軒在弧頂接應傳球，沒多餘的動作，只見 Mike Mitchel 追逼過來，已經起動極速第一步殺入禁區，因為他知道，比身形，比不過 Mike，比高速，也未必一定勝出，但經驗跟他說，比時間的拿捏、比空間的使用、比隊友的配合，黑鷹自可高飛！在 Mike Mitchel 追出之際，黃庭軒便殺進去，在這交錯的半秒和半個身位之間，恍若一道黑色旋風捲起，化成蒼鷹之形，向籃框攫去！

那是黑鷹八線第四個戰術走位的變奏！中線破腹式突刺，讓防守補位的球員眼睜睜看着鷹爪扣籃！補位嗎？由 Mike Mitchel 錯失堵截的瞬間開始，已經無法修補。

「騰龍」主教練立即要求暫停。是一個非常聰明的決定。

「我不敢回身追，萬一黃庭軒用回馬槍，把球傳給楊濤，將會是我的一個重大失誤，我可不想被他多來一記 In Your Face Dunk！」尹熙順只考慮自己的處境。

「我不是不想補位，但石國忠這廝很神秘，數據不甚出色，命中率卻很穩定，若黃庭軒突破分球，石國忠的中遠距離絕不能小覷。」身形高瘦的于超找了一個藉口：「我的身形不及石國忠，萬一被他劏籃殺進去，便輪到我抵擋不了。」

K．艾沙以最有資格不去補位的。他攤開雙手，「我們以人盯人防守，由他們變陣開始，便已經是防守錯誤。你看！他們換走了李琪和郭子丹，我們卻竟然沒有變陣應對，而我呀，要防守七呎的何偉華，是笑話不是？我算是盡力防守了！」

一切都是借口！避免問責上身的借口！避免大老闆阮志成怪罪的自保借口。他們都不想步古方的後塵，長期坐在冷板櫈上，或降級到甲二組別聯賽。需知道整支球隊採用賞罰制，得分和失誤的次數、相差，都是薪水和獎金指標。能夠看穿這一點的，就會明白「隊友」的重要性。

真正的隊友是什麼？

是贏一齊贏，輸一齊輸。

「騰龍」的教練團明白，球員都明白。只是打從加入阮志成麾下的一刻起，已經將這種價值丟棄。向錢看，本無罪，況且在精英集結的隊伍中，輸球比贏球的機會低，那談什麼配合？就算配合重要，也不是最重要。以「騰龍」的實力，團隊進攻可以不是首選，單一個 Mike Mitchel，單一個K·艾沙，應付大部分港區聯賽的甲組隊伍都綽綽有餘，即使是「太平洋石油」、「煜 TATOO」等強隊，也是可應付的。

偏偏，今仗不行了。他們面對的是準備充足、戰意高昂的「真·太平洋石油」！唯一可以做的就是——「團結」和「變陣」！可惜，暫停過後，「黑鷹天王」黃庭軒仍能在 Mike Mitchel 身上攻入了八分。

Mike Mitchel 的回敬招數呢？

守着他的可是身形相若，力量相近的楊濤啊！佔不了多少甜頭。

「又中一個三分球！這次不是突破呢！是他最拿手的 Fade Away，黑鷹天王得分大解放！」旁述趙慶言再次炒熱了場館內的氣氛。

「聽說，那是黑鷹八線的第六線，殷青藍殺入突破分球，石國忠居中駁腳，楊濤擋開了 Mike Mitchel，黃庭軒接，跟何偉華來個高位單擋。哈……那是無縫配合！厲害！」「通天眼」顏爺經驗老到，把「太平洋石油」的主戰術拆解得一清二楚，又道：「第四節來到最後三分鐘，『騰龍』再被拉開十六分，我看啊，他們的變陣一點用都沒有。不是教練的陣法沒用，而是球員不肯用！」

以 Mike Mitchel 這等級數的球員，執行攻防戰術是他們的專業，在教練的調度下，換走了K．艾沙，換入了新加坡三分射手李遠竹，盼望以外線火力追分，可惜

Mike Mitchel 被黃庭軒屢次進攻得分，整個人已跌進執迷的深谷了，每次持球在手都只想主攻，強攻不進才肯給隊友傳球，二十四秒的進攻時限，只是眨眼之間的事，球隊的追分策略，難以實行。

「換人！」

界外球的時候，「騰龍」要求換走 Mike Mitchel。獨攬三十六分的他怒瞪着教練，一腔怒火差點把後備席燒掉。

2 絕殺時機

最後三分鐘換人，是明智的！

古方再次得到重用。由古方搭配李遠竹，三分雨的黑雲即將來襲！

十六分之距難追嗎？

「換人！」殷耀榮迅速對應。

李琪和郭子丹再度登場，何偉華和石國忠退下火線。「三分鬥三分！有意思！」殷

青藍和黃庭軒跟李、郭二人碰拳，五王再度合體。

旁述趙慶言拍手大嚷，道：「有好戲看了！現在才是整場比賽的高潮。」

「古方，很高興再見到你！」李琪守着古方，道：「解禁了，感覺怎樣？」

自從季初一役，古方學懂了收起張狂，沉着應戰。他一晃一退，Crossover 轉向

切入，李遠竹正在零度位等待、接應、出手、命中，兼搏得罰球！

十二分。由李遠竹開始力追。

六分。古方利用隊友的高位單擋，旋即換防，連續兩次進攻都用Step Back步法，投進兩記三分球！

及後，李琪和殷青藍的中遠距離得手，拉回十分差距，直到比賽最後一分鐘，李遠竹和古方着了魔似的，合共投進兩個三分球，尚有四分差距——二十秒。

「太平洋石油」要求暫停。

「今季最後一場常規賽的確好看！雙方主帥的調動和部署都非常高質。」

「顏爺說得對！來到這一刻，真夠過癮！兩個換人的變陣令原本已定調的比賽變得峰迴路轉。」兩名資深旁述評得有理，重新起用古方的一着，相信不是阮志成想要的一着，而有傳一直留到季後賽才用的李遠竹，相信是「騰龍」的秘密武器。豈料為了贏球，壓箱本錢都盡出了。

100：96，「太平洋石油」領先。

「二十秒，我相信對方要打犯規戰術了。」郭子丹道。

「不會！他們會狂攻。搶得一球得一球！」殷青藍看得準，五分差距其實很少。

教練殷耀榮放下戰術板，鐵定了一句話：「半場區域陷阱緊逼。」此話一出，眾將心領神會，領命上陣。

「騰龍」半場開球，K．艾沙配搭李遠竹和古方，尹熙順與秦泰和已按戰略部署，站在對手的罰球線上準備擋拆戰術。

楊濤拍一下手，提醒隊友：「陷阱緊逼，他們會用擋拆，夾擊要快，盡量不要換防。」形勢上，「太平洋石油」雖有五分之利，可是看通賽事的人都知道，「騰龍」仍有翻盤機會！而把握這個翻盤機會的鎖匙人，正是生性乖張的古方！

他之所以被阮志成打進冷宮，是因為他自恃和張狂。

他之所以在今仗臨危授命，也是因為他的反叛自我，不按常理。

正當殷青藍和李琪的陷阱緊逼壓向李遠竹之際，古方突然不按章法，衝向黃庭軒的防線，繞過隊友秦泰和，切到對角的三分線接應——「他走到這裏幹麼？這是尹熙順要到的位置！」

李遠竹和隊友們都傻了眼，卻是古方眼見那處是空位，也顧不得什麼戰術了，索性直接傳到他手上Catch and Shoot——「啪！」郭子丹補位一躍，打中古方手腕，犯規！

三分球同時命中。

「WOW！那是四分打啊！」

「哈……古方真的是……神奇一射！」

當古方命中這記回魂救命一擊，眾隊友立時衝上前抱着他，他振臂吼叫，欲將一直被雪藏的怨憤，憑一聲長長的怒號宣洩出來。場館內的歡呼聲翻天覆地，球迷對古方這一着嘖嘖稱奇，在根本不該出現的走位路線上，出現不該有的傳球，不該有的一記關鍵遠射，料不到竟巧合地拼湊在一起，掀起了整場比賽的高潮。古方命中罰球，由最後三、四分鐘落後十六分，追到最後十幾秒，憑這記神奇四分，拉成均勢100：100。

不過別高興太早，最後的十二秒，「太平洋石油」掌握最後絕殺的機會！那又誰來當絕命殺手？

「騰龍」用上最後一個暫停。

是李琪。三分神射手例不虛發。他這場比賽一直都扮演角落殺手，所有切入和突破分球，都交由他在外圍開火攻擊。

是黃庭軒。這一節他是超級火熱的。況且不用投三分球，兩分也夠贏。一定是他，看他的眼神只有兩個字：絕殺！不是他，還可以是誰？

是楊濤。這頭怪物今場得分不多，命中率卻極高，而且他是隊中執行最多次關鍵絕殺的球員。

是殷青藍。他主控，以他的高速突破和閱讀能力，一定要殺進來搏犯規，別忘了他的罰球命中率達九成之高，給他拖到最後幾秒，然後犯規搏罰球，我方必輸。

是郭子丹。他的突破速度不比殷青藍慢，中距離亦穩健，如果……

「夠了！五個都可以擔當關鍵時刻的絕殺人物，管他了，人盯人吧！」K・艾沙停止了眾人的討論，總教練也決定好，以二三聯防，死守最後十二秒，拖至加時。除非對手出現失誤，才把握打快攻。

咇！最後十二秒，雙方重返戰陣，「太平洋石油」由楊濤在半場邊線開球。他大喊：「黑鷹！第五線！」

黑鷹五號戰術，雙方都了然於胸。殷青藍接應邊線傳球，也舉起右手打個戰術手勢，楊濤向對方禁區直奔，為郭子丹來個低位單擋，同時黃庭軒、李琪在弱邊守好，伺機待發。

「五號戰略，一定是殷青藍直殺禁區，然後突破分球，由他決定傳出回馬槍，看啊——郭子丹、李琪、黃庭軒，已經在三個方位上好了槍彈，冷冷等待。秦泰和心忖：「殺進來吧！我的隊友都切斷了你的傳球路線，若單對單的話，我可不怕你！」事實上秦泰和的估計來自他過去防守殷青藍的經驗，他不是不知道殷青藍的厲害，只是太了解眼前這對手的進攻慣性。

豈料——殷青藍從出道至今，都會在別人自以為掌握一切的時候，幹些難以猜透、出人意表的瘋狂行為！

最後四秒。殷青藍起動、殺入，如一柄鋒利的軍刀！

秦泰和早料此着，且不是首次交鋒，殷青藍一晃一切如迅雷，若疾風，他也能追得上，逼得住……但——一切都太突然，超出了所有人的預算——

只見殷青藍力壓秦泰和，忽地左手一拋，把球拋向籃板，然後人如勁箭，發飆衝前，跨步一躍，接住回彈的籃板球，自製單人空中「拆你屋」——砰的一聲，強力單手入樽！

完場前最後0.3秒，102：100。

完場前最後0.3秒，不單是完美絕殺，更是港區常規賽有史以來最瘋癲的絕殺！它肯定被各大視頻放進殿堂級博物館，留住永恆的狂野時刻。

0.3秒，還可有什麼作為！「太平洋石油」後備席上的隊友給嚇得歪歪斜斜的跌坐着，人人面露難以置信的驚喜神色，連總教練、助教團都瞪着眼傻笑，至於場上的隊友們，何止為殷青藍振臂歡呼，且第一時間衝上去抱着他，又拉跌他，楊濤更壓着他，興奮地搥打他的胸膛，高叫一句：「絕殺之王！絕殺之王！」

此時此刻，時空凝定，大會即時重播剛才殷青藍力壓秦泰和空中絕殺的畫面！再度翻動萬千球迷的叫囂聲浪。可以想像，聲浪有形有狀，極像一部正在高速脫水攪動的乾衣機，翻滾、倒轉、來回、旋繞。至於「騰龍」一眾，默然無聲！卻是心服口服。剛才的一擊，委實太精彩！K．艾沙、Mike Mitchel、秦泰和、古方等等，各自搭着手歎息，給記者直播的鏡頭來一個讚歎的表情，當中秦泰和極有風度，主動上前跟殷青藍來個擁抱，他打趣道：「我永遠成為你這一擊的海報中，一個不可多得的大配角啦！」

殷青藍用力跟他擊掌，向這個好對手致敬，道：「季後賽來了，聯盟冠軍戰再見！要撐到去最後一強啊！」

「老闆……我們……我們的車都在外面了。已避開了記者……」

球隊輸了，助手們都感到害怕。阮志成親眼看着殷青藍剛才的最後一擊，接着便開始一言不發，整個人彷彿變了一個暗黑色的人形野獸，不作聲，更恐怖。

「老闆……車……已備好！記者會方面，教練團會出席的……放心！」阮志成盯着助手，如入夜後的密林中，一頭藏身於草叢裏的黑豹，兩眼射出黃光，冷道：「輸，就要避？」又悶哼一聲，對着其他助手道：「我們去賽後記者會！」

「而你！」他指着為他備車的助手——「不用跟來！」

第二章：浪人棄將．單核之王

綠藥・信天翁
26
12
4
23

1 決選最後一強

盛夏之前，賽季結束之日。常規賽最後一場賽事，由「太平洋石油」以復仇者的姿態戰勝「騰龍」，而一星期後，便是整整一個月的季後賽。由聯盟前八位的球隊爭奪總冠軍。同一時間，「U19亞洲男子籃球菁英賽」集訓已到了中後段，是時候在二十位年輕好手中選出最後的十二位。

一切的選拔工作由教練團決定。而教練團主席殷耀榮、主教練馮英、球員總監殷青藍，以及另外六位籃壇名宿、聯賽主席，正好趁着季後賽開打前的空檔，認認真真地開一次諮詢交流會議。

這是一個令人感到極度頭痛的會議——二十位隊員中，最後的十二強。

「馮英教練，你跟他們相處最久，根據你交上來的各項數據成績，有八位球員表現突出，尚餘四個席位，還是交由你來選吧！」聯賽主席道。

馮英望了殷青藍一眼，語氣堅定，道：「八位表現出眾的成員有：林天行、郭子丹、唐哲龍、沈弓、狄志堅、歐陽山、凌少軍、張宏博。另外我會多選四位，分別是徐得志、邵兵、王允聰、雷健威，總共十二人。」

在會議席上開會的，都是籃壇上具分量的前輩，當中只有馮英和殷青藍年紀最輕，仍在聯賽中作戰。當聽見這十二個名字之後，會議室頓時靜了十數秒，有些人選擇看手機假裝沒事，有些人低頭私語，有些鎖緊了眉頭不發一言。然而十數秒後，彼此互望，交換眼色，得出一個結論，由其中一位德高望重的名宿開腔：「唔……數據歸數據……我們也想多給年輕人一些機會，在二十人名單之中，好像有幾位的來頭都不少，數據也很亮麗。」

然後另一位名宿附和着，道：「對對對！有三位！是……叫什麼名字？是……

是！洛家揚、易之朗，還有……還有……」

「向海強！是吧！」殷青藍替他補上。

「是是是！就是他！」名宿在檯面敲了數下，又道：「他們在學界和甲二組聯賽的表現極出眾，而且還加入了『騰龍』受訓呢！是明日之星啊！」

殷青藍跟父親殷耀榮笑了笑，眼神的交流間正傳遞一個簡訊：「看見沒有？我一早料到這班名宿，肯定收了阮志成的錢，才在會議上力撐。」

殷耀榮開腔，眾人都安靜地聽，他道：「這三個球員的能力沒問題，但馮教練調教了一段日子後，對他們的人品評價相當低，很難融入球隊。」

馮英隨即點頭，道：「說得沒錯，他們先後有三次跟隊友口角和打架的紀錄。」

聯賽主席接着說：「不打緊不打緊，年輕人血氣方剛，爭球打架是平常事，我們當年在球場上都打到頭破血流啦！大家還記得嗎？」

「記得記得！」、「對！年輕有火是好事」、「有火才有勁！」六位名宿你一言我一語，說穿了不過是「錢」。

聯賽主席又咳了兩聲，點點頭，示意各人聽他再說：「馮教練，我不是想干預你的選拔，不過既然大家在這會議上，有權表達看法，我便大膽建議，剔除凌少軍，把易之朗加進最後十二強的名單內，此外開放三個跟操名額，再把凌少軍、洛家揚和向海強加進去。唉！你今年才來港區打聯賽，實在有所不知，凌少軍的潛力有限，跟他大哥一樣！」

馮英眉頭輕皺，道：「他有大哥？我可不知道，他一直沉默寡言，但表現勤力，每次練習之後，主動留下來加操的人就是他，而且作為內線中鋒，他很有作為。」

會議桌上，坐在最後方的名宿劉明亮久未開腔，卻忽地拍一下檯面，語帶諷刺，道：「哼！別裝傻了，凌少軍的大哥就是你的隊友，棄將浪人——凌昭如。同父異母的，他老父是我爸的世交……」續道：「唉！也明白的，老將當然撐老將。凌昭如都三十七歲了，從前的確威風八面，近幾年嘛，一年一隊求收留，為球隊貢獻少，鬧事惹禍多。」

劉明亮此話甫出，其他人都紛紛附和，還說：「公平一點，凌昭如在三十歲前，比現在的楊濤更可怕，真的是一頭禁區怪物，連續三年的亞洲賽最佳中鋒都是他，日本和韓國聯賽的球隊來高薪挖角，他也堅持留在港區發展。但在座的都知道，自從腰、背、股皆傷，他的實力水平直插谷底……」

「他曾經自以為天下無敵，最強中鋒。如今？唉！我也不知道『煜TATOO』看上他什麼？留來作甚？馮教練，你可浴火重生，但你這個隊友可不是呢！他是計時炸彈。」

這時，聯賽主席再度提出建議，道：「請大家別再提無關痛癢的人。集中討論我的建議，用易之朗換凌少軍，另加三個跟操球員名額。」

「贊成！」

「贊成！」

「贊成！」

「贊成！」

「贊成！」

「贊成！」

「贊成！」

「我反對！」

「我也反對！」

高呼贊成的聯賽主席和六位被阮志成收買的球壇名宿，都扳起了臉，一臉嚴肅，皺起眉頭，對殷青藍和馮英的「反對」投來厭煩的目光。

「少數服從多數吧！不用反對了，反對也沒用！」聯賽主席道。

「我和馮英是主教練和球員總監，絕對有權不理會你們的假民主！」殷青藍霍然站起來，指着幾個面露心虛的名宿。馮英接着道：「我是不是老將，凌昭如是不是棄將，也不是重點，重點是你們的利益而已。別裝了，收受不少利益吧！凌昭如可沒有給我任何利益啊！他跟我一句話都沒聊過，更何況我不知道凌少軍是他弟弟。」

此刻，會議氣氛已近冰點，僵裂得無修補餘地，無轉彎餘地，唯一要主持和決定的正坐在主席位置上沉默不語——U19亞洲男子籃球菁英賽選拔委員會最高負責人——殷耀榮。他，終於一錘定音，道：「各位，先行抱歉！這會議的最後結果不是以投票來決定的。大家別忘了，這會議只是諮詢而已。首先，臨時加入三個跟操名額是不可能的，因為一直都沒有這機制存在，不可以臨時增設。其次，我決定，既然已選出十一人，那麼最後一席，就由凌少軍和易之朗憑實力競爭，以三個星期為限，由十一位隊員投票決定。」

由十一位年輕人決定誰有資格跟他們一起征戰亞洲賽？

這決定是最好的，也是最壞的。好在眾人一時語塞，最高負責人提出的公投，由隊友決選，是最民主最貼地的，聯賽主席和一眾名宿都不反對。也正因為這決定的最壞部分，凌少軍和易之朗的人脈實在相差太遠。易之朗有唐哲龍、沈弓和狄志堅幾個高中球員必投的鐵票，凌少軍卻獨來獨往，大專界的幾個球員都未必會投票給他。這也是名宿們不反對的原因——三星期後的球員內部投票之前，阮志成可以多寫幾張大支票。

為何阮志成要染指「U19亞洲賽」？理由好簡單！他的野心比非洲面積還要大。他要打造媲美NBA的籃球王國，各區各階層的聯賽都要有他的份，屆時建立的亞洲大聯盟籃球賽，由高中到大專，再由業餘到職業，一經拉集起來，就成了美國、歐洲和亞洲三足鼎立，然後到背後的賭波集團……高中聯賽可以賭、大專聯賽可以賭、本地聯賽和國際賽都可以賭……這已超出了界線，違反了體育運動的最高尚精神。雖然世界大勢如此，但作為真正的運動員，決不能因此就範，屈於豪強操控球賽的黑手之中。

翌日，馮英和殷青藍召集一眾球員，宣佈最後十一人的結果，當然有人不滿，一怒之下轉身離開，馮英卻跟其他球員道：「你們是最強的港青代表隊，往後的一個月集訓會比之前更辛苦。而最後一席，即第十二人，就在三個星期後，由你們十一人投票決定——易之朗、凌少軍。」

球員列隊立正，神情認真，接下來聽着殷青藍的訓示，特別針對自恃有阮志成撐腰的易之朗，道：「你們兩人，好好把握未來三星期的特訓，好好爭取表現！」

「是！明白！」凌少軍爽快答應。易之朗亦點頭微笑。及後這十三位年輕人正式開始操練。凌少軍卻主動上前，跟馮英和青藍提出請求：「教練！我……我想多邀請一個人來協助我課後加操，可以嗎？」

「每次集訓三小時已經夠累了，你還要加操？」殷青藍故意挑戰他。

「你能堅持每星期操練三課之後，額外加操？」馮英再問：「至少兩小時啊！能堅持下來嗎？」

凌少軍想也沒想，大力點頭：「行！」

「那你想邀請誰？」殷青藍問道。

「我哥！凌昭如。」凌少軍深深吸一口氣。

馮英眉頭一皺，心忖：「他肯來？我跟他不熟啊！」

殷青藍亦有同感：「你哥……肯來？」

「就是不肯！」凌少軍歎了一口氣！接着對馮英道：「馮教練，你的故事啟發了我，我也想用我的努力啟發我哥。你可以幫我這個忙嗎？真的。若到最後，最後一席的人不是我也不打緊，我只想用我的努力告訴他，他曾經是天王級中鋒，如今也可以。而且季後賽到了，你們『煜 TATOO』如果能激發他，一定會有更好成績。」

殷青藍跟馮英相視一笑，心中默契了然。馮英不多話，只給凌少軍豎起大拇指：「好兄弟啊！我試試吧！你專心做好自己，想隊友投你一票，就得用你的實力來說服他們。」

殷青藍指着體育館上的藍天，鼓勵這個十九歲的年輕將士，道：「我爸常說，天外有天，偏偏你哥哥過了這許多年，都看不穿看不透啊！」

馮英不大清楚自己的隊友——凌昭如是個怎樣的球員，只知道這個六呎十吋的中鋒一向沉默寡言，自己也很少跟他交流。聽隊友說，賽季開始之前最後一個交易日，球隊高層才決定用底薪聘用他。上本直宏還跟他說：「如果不是兩個主力中鋒一傷一病，池田教練肯定不會要這個人人喊慘的浪人棄將。」

今年整個賽季，凌昭如從未以正選登場，平均上陣十二分鐘，效能僅僅是37%，場均四分，六個籃板，兩個助攻，整季下來，十五次技術犯規被趕離場，若不是季中交易時，正選中鋒再度傷出，球隊難以從其他球隊交易到更好「貨色」，且別隊對這個昔日目空一切的皇牌中鋒嗤之以鼻，交易談何容易？不如冷板算了。

「他在球隊中是個離羣者，練習沒問題，正常相處沒問題，就是欠投入，最慘的是他在更衣室、在後備席常常發放負能量，總覺得懷才不遇，大材小用。」另一名「煜TATOO」的助教跟馮英道：「你是過來人，你該明白的。有時間便來幫個忙，開導一下他。」

聽見隊友和教練團的話，馮英開始觀察、了解這一頭高壯若大黑熊的冷板櫈隊友，想像他的巔峰時期，翻看他的球賽，「他到底是個怎樣的球員？聞說他曾是球隊的單核之王，最悲哀的將軍。」

但自八年前開始，凌昭如被效力七年的甲組球隊——「綠國藥業．信天翁」放棄後，一直當上球壇最惹事的浪人，未引發肩傷和股傷前的他，仍屬一等一實力階層，協助簽約兩年的「東順物流．飛狐」打進季後賽，可惜傷病一起，球隊亦嫌他在球場上常惹亂事，比愛搞怪的楊濤更令人討厭，於是決定把他交易到「八大青盟．冒險家」，領隊希望他能把比賽經驗傳授給一班大學年輕球員，豈料又是一場期望錯付的交易，兩年後再度栽走他，往後更是一年一隊，直到今季開打之前，無一支球隊的班主和領隊想將他收歸旗下，所以有球評家曾說過：「『煜 TATOO』絕對是聯盟裏的垃圾桶！」

「不！我哥的實力超強！是其他人不懂用他，是因為傷病，是因為……」凌少軍曾為他的大哥辯護，道：「他二十歲開始職業甲級聯賽生涯，兩年後被邀加盟新加坡和澳洲的職聯，他是超強的傳統型中鋒。我記得十二歲那年，他正好三十歲，是球員的黃金時期，他代表『信天翁』出戰，場均二十六分、十二個籃板、四個封阻，是聯盟最佳防守球員，是最有價值球員第三名。」

馮英和殷青藍都知道，凌少軍是凌昭如同父異母的兄弟，兩人年紀相差十八載，凌昭如由最佳新人到最有價值球員的十年間，凌少軍都見證這個大哥由巔峰下放，直至沉淪。「自我八歲開始，他開始教我打籃球，他還說：『將來，你要比我更出色！』」凌少軍裝起凌昭如的說話語氣來，又道：「當今球壇，我是最強中鋒，我要為『信天翁』拿下第一個聯賽總冠軍！」

2 單核之王的哀歌

晚上十一時後的街場都關燈了。球場上空的新月，有兩片薄雲，擋不住月光，照見了兩個一大一小的人影。那是七、八年前的事了。

讀小學六年級的凌少軍當上校隊主將，也是N.League少年組別「閃電虎」的正選大前鋒。同學們都知道，他有一個超級中鋒大哥凌昭如，外號「超人」——「信天翁的單核天王」。一星期有三晚，凌昭如都帶着凌少軍，在晚上十一時後加操，傳授他的「夢幻腳步」。

大哥的要求很嚴格，凌少軍的體型是同齡中的「巨人」，可在凌昭如跟前，就是「小矮人」了。而在這小矮人眼中，站在面前跟他對位攻防的是一頭史前巨獸。前一晚，「信天翁」面對聯賽霸王「太平洋石油」，這頭巨獸單打聯盟第一人「壞孩子」楊濤，一記 In Your Face 雙手入樽，楊濤都給他的猛力撞飛三四尺遠，完場之時，「巨獸」凌昭如再度力壓楊濤，吃掉最後兩分，險勝了「太平洋石油」，昂首殺進季後賽！

「哥！你的『信天翁』真勁！今年再次打進季後賽，要贏得總冠軍啊！」凌少軍模仿着哥哥傳授的籃底 Spin Move 小天勾。今晚，他只練這招，要投進一百球才可回家。

凌昭如再示範一次 Spin Move，頗有耐性地督促着凌少軍，他沒回話，但心忖：「自二十三歲開始效力『信天翁』，如今七個球季，最近總冠軍的一次是前年，可惜球隊去年放走了兩個能助我的球員，我可不想再被人取笑是球隊的單核王，唉！」

一支球隊的營運手法和管治策略是成敗關鍵，這些年來，自引進了凌昭如後，「信天翁」躍升成聯盟前列，再通過補強手段，聘請了幾位國內好手，不過球隊的管理層目光太淺，常放賣有潛力的新星，只高調宣佈凌昭如是球隊的非賣品，情況倒有點像早年的NBA明尼蘇達木狼隊，「狼王」Kevin Garnett獨力擔起球隊，卻連續六年在季後賽首圈出局，情何以堪？如今的「信天翁」，其勢將也若此！

港區聯盟季後賽第一圈賽事，排名第四的「信天翁」惡鬥第五位的「Bankers」，三局兩勝制的情況下，來到了決勝一場，想知今季的「信天翁」能否突破首圈？就得看看「超人」凌昭如可否殺敗財力雄厚，用盡三名外援的「Bankers」了。

比賽首三節，雙方打成平手。凌昭如霸殺四方，在籃底被三打一夾擊下，仍可狂搶二十九分，到了最後一節，他還帶領球隊打出一段12：0的高潮，以96：86領先十分。「Bankers」要求緊急暫停，想方法阻止凌昭如的瘋狂力量。

「所有攻勢都落在昭如身上。」教練指示着。

「對！都給我。」今季場均「25＋、10＋」的凌昭如殺紅了眼，一心只想幹掉「Bankers」，領球隊闖關。

然而球隊再一次陷進「單核天王」的迷思，第四節最後四分鐘，對方以賭博式血拼防守，用兩個球員全場緊盯凌昭如，不讓他接球，只讓他低位單打，可是所有傳球路線都被封殺，逼他推到三分線外接應傳球，這一着已是對手扭盡六壬的方法了。

「逼使內線中鋒走出三分線外接應，其實也阻住了外線球員的發揮。以凌昭如不可一世的戰力，在外線接應隊友，只會迷失在單打之中，所有單擋配合和高低位策應，都是『信天翁』最弱一環。這一着，『Bankers』賭對了。」旁述一語中的。凌昭如不是不懂得高位單擋，他只是不信和不想而已。以他的得分能力，在外線殺進去，或用壓籃爆破的方式，一樣極具威脅，得分，仍是可以得更多。

「傳球呀！我有空檔！」隊友在弱邊大叫，教練在旁邊高呼，凌昭如卻沉醉在英雄主義的單打之中，剛才開步殺進禁區，撞飛了對手大力入樽，振臂一呼之際，隊友只能強壓怒火，不敢發作。

就讓單核之王繼續迷失吧！

對方教練暗自高興。這一仗可以反敗為勝了！

來到比賽最後兩分鐘，「Bankers」憑五個三分球反超，全場 high 翻天了！

「超人」凌昭如竟跟隊友吵了起來！教練怒擲戰術板，助教臨時頂上，對着凌昭如狂吼：「你搶了四十分也沒用！適當時候要傳球呀！」

「你只顧單打，高位單擋戰術不一定要由你強打。」幾個隊友同時抱怨。

凌昭如一邊聽一邊搖頭，他不是不知道，只是不認同。「我埋身打進去，易惹犯規，你們的遠射……我可沒信心！」

「那你卡位搶進攻籃板不可以嗎？」

「可以。不過把球交給我比較直接點吧！」

那是不用再爭拗的了。球隊在季後賽生存的最後時限只餘兩分鐘。

凌昭如的確有傳球有搶籃板，可惜醒悟太晚之餘，這種「藍領苦工」不是他心甘情願，又如何投入？

「我仍很記得那天晚上，哥哥在比賽之後，缺席了賽後記者會，一個人待在球場，直到場館關燈。」凌少軍憶起這是他第一次跟哥哥走進球場看的比賽，最後，「信天翁」首圈出局的魔咒應驗，以兩分之差被淘汰出局。

這場賽事的結局，不止凌少軍牢牢記得。在往後的幾年，無時無刻都在凌昭如的腦裏浮現，特別是幾幕畫面更叫他刻骨銘心。

上半場，搶了籃板，一個人 Coast to Coast，以極霸道的力量快攻入樽！不久，接應隊友的回傳，晃右切左壓籃，招牌 Spin Move 三百六十度轉身小天勾，得入兼得罰球。

第一節，連續三次空中「拆你屋」入樽，對手被他撞飛老遠。

第二節，隊友投不進罰球，他搶下籃板，後手彈地傳球助攻。

第三節，兩人夾擊下，假動作騙過對手，左手天勾放籃得分。

第四節，No Look Pass 讓隊友走籃，可惜上籃被封，他卻一手搶下進攻籃板，雙手大力入樽。

第五節，三分線上接應，一晃一切，儼如小前鋒的身法殺進禁區，力壓兩名守衛單手入樽！

「球隊是時候作出改變了！而這個改變，首先是把你交易掉！」球隊總經理在會議上跟凌昭如嚴肅地道：「『東順物流．飛狐』有意跟你簽約兩年，價錢不俗，以你現時的身手，賺這個價，很合理！」

凌昭如知道這一切都是生意，也知道自己不該再留在「信天翁」，當時爽快答應加盟「飛狐」。誰知道「飛狐」竟將他的定位放在第二和第三的得分副手上，協助當時球隊的老大——「三分王」蘇廷生，而且球隊風格傾向以小球戰術為主，以凌昭如這種需要球權的傳統看家中鋒來說，實在大材小用，導致他常抱怨，認為自己可以發揮更多。有次在比賽的第四節，他看準了時機，兩名主力犯滿離場，後備中鋒傷出，便決定自己扛起球隊所有進攻，每每持球在手，便向籃下衝擊，的確，霸王級別的力量實在難以抵抗，對方的內線以兩人夾擊之力，亦無阻這頭蠻牛的爆破式強攻，然而，西班牙鬥牛勇士的技巧總是以智取勝，任狂牛之力再勁再猛，總會累下來，總會失方向。

「傳球呀！」外線的隊友未能喊停凌昭如這頭狂性大發的公牛，直至被對手搏得進攻犯規之後，球隊立即犧牲一次暫停。教練隨即喝止他：「我隊正落後，急需外圍火力支援，你別再迷信你的內線火力好不好？」

凌昭如冷冷地回應：「如果不是靠我追分，如果不是靠我在禁區猛攻，如果不是你叫暫停……」

「如果不是你自以為是，如果不是你不肯傳球，如果不是你盲目橫衝直撞，如果，你仍是以前的天王中鋒……」隊友擋在教練跟前大聲喝罵。不過凌昭如依然故我，道：「我們落後八分，尚餘三分鐘。怎樣？不喜歡我的打法，大可叫我坐在後備席上。」

最後，教練行使了最高決定權。凌昭如——坐在板櫈的最末端。

球隊以兩分反超前，贏了球賽。而賽後的記者會，凌昭如沒份出席，卻被場內記者追訪，問他為何到了關鍵一節，被教練換出。面對一眾傳媒的咪高峰送到自己的唇邊，教他想起昔日在球場上呼風喚雨時被簇擁的畫面，每名記者都追着問這問那，有球迷要求簽名、合照。

他一時楞住，遊在昔日的回憶之中。直至一名記者半帶嘲諷的語氣：「聞說你還以為自己身在巔峰，想獨力打敗對手，引致教練和隊友不滿……」

「你說什麼？你有種多講一次？」凌昭如如遭針刺，猛地發作，指着這個故意挑釁的記者喝罵：「是我自己不想打，不是他調我離場！你搞清楚沒有？」

「是我自己不想打！」這句話一出口，立即被傳媒大造文章，登上各大體育頭條。自此，凌昭如在餘下賽季，淪落為冷板球員，場均由二十分跌至七分，攻守表現荒腔走板，球隊練習的表現，也顯得馬馬虎虎，直到聯賽季尾，球隊決定放棄他，他亦開始放棄自己。

「誰還想要我？沒了！要我的，也不過是想我在垃圾時間上一上場，唉……」他罕有地跟眼前這個小老弟凌少軍抱怨。

後來，以至後來的後來，許多人都知道了，「飛狐」打進了季後賽，他卻再次傷了肩、傷了股，脾氣亦愈來愈差，練習態度也愈來愈敷衍，好像一切都沒所謂，連自己都覺得自己好似球隊的一塊用完的膏藥，隨時撕掉丟進垃圾箱。「他的浪人生涯由『信天翁』之後，到了『飛狐』，及後每年一隊，一直到了去年，無人問津！」殷青藍向不同的朋友打聽回來，跟同為老將的馮英道。

「三十三歲起開始浪人生涯，畢竟還是早了點。如今都三十六、三十七了，這幾年都浮浮沉沉，我也不知道『煜TATOO』為何會在開季前三日跟他簽約。」馮英輕搖一下頭，有點過來人式的感歎，道：「他來了我們隊中，整個人都沉靜得像一塊擱在山邊的石頭。練習時還算交足功課，上陣比賽……說真的，如果你說他曾經是神魔難犯的可怕對手……唔，至少我未見識過。」

常說，前事休提，目光放遠，凌昭如的前因後事在短短一兩天都摸得通透了，不過又是一位老將的哀歌。三十七歲，跟馮英的年紀一樣，然而馮英是浴火重生的鳳凰，今季打出超高水平，許多人都讚賞他的表現，猶如NBA的「飆風玫瑰」Derrick Rose，場均23.1分加六個助攻，打出明星級別的數據。凌昭如呢！是一塊等待風化的石頭，或是等待被球隊切走的贅肉。

「有信心叫醒他？」段青藍語帶挑戰！

「凌氏兄弟一起特訓吧！」馮英揚起自信的微笑，心底已盤算策劃，為這對同父異母的好兄弟度身訂造訓練大計。

一週後，季後賽正式開打，「U19」菁英選拔亦正式復操。

港區聯賽最後八強分成A、B兩組，以三場兩勝的淘汰賽制定勝負。最後A組冠軍對戰B組冠軍，卻以一戰定江山的「封王戰」作球季的結束。聯盟最後八強的分組以排名1、3、5、7為A組，2、4、6、8為B組。對戰表已在各大媒體公諸天下：

A組
排名第一：騰龍　VS　排名第七：冰人
排名第三：赤田神箭　VS　排名第五：力生啤酒

B組
排名第二：太平洋石油　VS　排名第八：大北者
排名第四：煜TATOO　VS　排名第六：華南虎

回顧常規賽最後進入大直路的十場賽事，雖然「騰龍」在最後一戰被「太平洋石油」復仇成功，卻依舊以最佳成績傲視羣雄。而「太平洋石油」、「赤田神箭」與「煜TATOO」竟以相同的勝負場數，同時列席第二、第三和第四位，最後唯有以三方的對戰分差來決定聯賽排名。正如外界推測，今季不會再是「太平洋石油」稱霸天下的壟斷局面，即使眼前以「騰龍」居首，後面緊咬不放的幾隊，都有翻雲覆雨之能，聯賽總冠軍一定會是「騰龍」的囊中物？相信阮志成都未必會笑到最後。

在「煜TATOO」的訓練場館——皇家籃球學院體育館A館，正進行閉門操練，謝絕傳媒採訪。

教練池田加佑和一眾助教圍在一起，正研究幾套用在場上的戰術，特別是如何運用老將馮英和主力上本直宏的配搭，還要考慮正選中鋒田川一雄的耐戰力……與及球隊一直封鎖消息的秘密武器。

「上本和馮英同時上陣的進攻力是最強的。」助教在戰術板上畫了兩個戰術走位路線，又道：「但我怕馮英的體力……」

另一助教亦道：「馮英方面，平均每一節打六分鐘該沒問題，他一定能交出高效表現。況且第一輪的對手只是『華南虎』，唯一要對付的是季中自『飛狐』加盟的蘇廷生，不足為懼。我看……我們的着眼點要放在大前鋒和中鋒的位置上。」

「對！我也這麼想。田川的內線威力足以抗衡楊濤、Mike Mitchel級別的球星，但傷勢未完全康復，另外兩個後備的又不夠穩定……」池田教練回頭一望，掃視場上練習的兩名大前鋒和三名中鋒，心中暗自叫苦。

「何不考慮他？」另一年輕助教——專責統計防守數據的宋華康，指着坐在一旁的凌昭如，大膽地在眾前輩教練面前提出這個驚天建議。（當然，在他背後指使他的，正是上本直宏和馮英。）

恰巧，馮英和上本直宏兩人，突然運球路過，裝作不經意的聽見這個建議，且裝作驚喜的打趣道：「凌昭如？七年前的聯盟第一中鋒？好啊！」上本直宏附和着：「有意思，有創意！值得考慮！」

「你……來真的？」「不是吧！他的貢獻極少。」「幹苦力工作，他看不起，他自視太高。」助教們紛紛反對。

但年輕的宋華康卻翻開一本數據紀錄冊，鼓起勇氣反駁道：「又不是要他打足全場，只要打十分鐘便可以了。他的防守實力比起另外兩位後備，從數據上看，竟然是不俗的。」

今季，凌昭如場均出賽八分鐘，竟然有五個防守籃板、2.3個封阻，在進攻端上，雖得2.2分，卻有2.5個進攻籃板。以後備而言，算是個不俗的表現，怎麼沒有人留意？「他一直沒在意，漫不經心的樣子，在場上好像不怎發力。對！事實上他根本未盡全力。因為他已失去戰心。」宋華康力排眾議，直向池田教練推薦：「前輩，我一直有留意眾人的防守數據，我敢肯定，只要凌昭如尋回鬥心，他一定會是另一個馮英。我們的內線實力會超強的啊！」

這時，馮英又刻意走過，再裝作不小心聽見，卻被池田教練抓住了，他看穿了。道：「馮英，別裝了。我只問你一句。」

「是！」馮英揑一把汗，收起笑臉，認真回答。

池田加佑揚手、伸直右手食指，先指向馮英，再橫掃身旁六、七名助教，銳利的眼神不怒而威，問馮英一道眾人不敢輕率回答的問題：「凌昭如的鬥心，你可尋回嗎？」又問：「如果我現在要求眾助教給他度身訂造一套戰術，他會做到嗎？如果做不到，球隊輸了，你負全責，如何？」

這是一個不能輕易點頭的承諾，把一個失了鬥心、沒了目標的球員扛在自己身上，好像揹着一個計時炸彈般，隨時被連累，給炸個稀爛。助教們都知道凌昭如的問題不是實力方面，是心態！最深處的核心——懷才不遇，患得患失，開季前像被施捨的得到一個大後備空缺，幸運的話，不會在季中裁掉，若欠運氣，很可能會失業，或降級下放到甲二組別聯賽。

凌昭如自知屬幸運一族，當隊內中鋒田川一雄時傷時停，另一中鋒的實力比自己狀態欠佳時還差，自己不用打出身價也能留在隊中做個替補，算是不賴了。下季？不如選擇退役，當個中學的教練殘渡餘生。

「教練！在季後賽中，凌昭如將會是一個超級奇兵！」馮英說得出，就義無反顧了。池田教練跟他對望三秒，眼神由狐疑到從容，眉頭稍鬆，淡現笑容，聳一聳肩，做個不置可否的表情，道：「我給你一名助教，外加兩個星期，期待你能重新打造超級奇兵。」

「兩星期？我看兩個月也未必可以！」首席助教森田宏次歎着氣，微微搖頭。

池田教練指着宋華康，道：「小宋，操練完畢之後，你便跟馮英兩個星期吧。」

「還有我！教練。我可幫忙！」上本直宏突然在宋華康身後走來。

上本直宏邁步上前，拍拍胸口，展現一種力挺兄弟的姿態，道：「我信馮英，也信凌昭如。」

眾人足足花了十五分鐘討論，最後由主教練拍板——今天訓練完畢後，有三個球員要額外加操——上本直宏、馮英和凌昭如。「其他人都要離開體育館。」他斬釘截鐵地下了一道命令。

兩小時後，場館只餘下四人，以馮英為首，上本直宏、宋華康和不情不願的凌昭如。宋華康提着一份數據紀錄，坐到凌昭如身邊，不發一言，給他遞上這份紀錄。

凌昭如接過，一頭霧水，亦不在意紙上的數字，道：「小宋，我已不在乎了。有球可打就已經很好啦！你給我數據又有何用？」又指着場中正在加練三分球的上本直宏：「他才需要數據分析！」

「不！你錯了。」這時馮英走來，接過那份數據紀錄，跟平時不甚交流的他道：「我今季才到來，少跟你交談，聞說你曾經是叱咤風雲的頂級戰將啊！」

「六、七年前就是。近幾年都沒了，不像老兄你，仍然有心有火有力！」凌昭如指住自己的左肩，道：「重傷過，現在不行了。」

馮英一把捉住凌昭如的手，移向他的心臟，笑道：「不是肩傷，是心傷！浪人天王。」

或許這一握，多多少少都讓凌昭如感到尷尬，是說穿了他的心底隱私，是把自尊從陷進泥沼的深處給挖掘出來。「成了浪人，又如何會是天王？」凌昭如悶哼着。他萬萬想不到，浪人真的可以是天王。

NBA 總決賽最有價值球員（FMVP）級別的老將 Andre Iguodala，自離開費城七十六人隊後便開始浪人生涯，直至流浪到了金州勇士，替勇士隊拿下總冠軍，自己則成為 FMVP，及後今季又被交易到了灰熊隊，可是一場都未上陣便即將成為浪人，這種經驗老將，有天王級別的身手，有眾多具爭霸實力的球隊力邀，卻仍有浪人的遭遇，是什麼原因呢？是利益？是價碼？是心境？或許每項皆有，然而最重要的是球員自身。而且，若要數算「天王級」的浪人，Derrick Rose 絕對是一大代表。至於今季，湖人隊的後內中鋒 Dwight Howard 就更是凌昭如可以借鏡的對象。

他，Dwight Howard，曾是可單換「大帝」LeBron James的人物，曾領奧蘭多魔術隊打進總冠軍戰的單核天王，卻又因為自以為是的心態，玩世不恭的態度，與當年天上地下、唯我獨尊的Kobe Bryant不咬弦，導致球隊最後無法打進冠軍戰，而自己更被流放，正式成為超級浪人。不過今季洗心革面，勤懇地，再次以救贖自己的心意加盟湖人隊，願意接受「不保障條款」，落力擔當球隊的藍領苦力，卡位、搶板、單擋……等等不搶得分、不搶球權的工作，他都願意去做，還要求在比賽後加練，務求再次證明自己。從前不屑的苦力工作？如今是他成為「板凳暴徒」、「禁區大鎖」的資本。

一切都是心態！

「喂！老兄，你拿我跟他們作比較？算吧！他們可是年薪千萬美金的球員，我是老弱殘兵，只盡做！教練派我上陣，我會盡力。但現在力已盡，還要加操……就真的太辛苦了。」凌昭如站起身來，足足比身旁的宋華康高出兩個頭，像一頭史前長毛象擋在跟前，一條手臂粗若象鼻，伸出一撥，直把宋華康掃走。他道：「我不加練了，趕着接我的小老弟，他今天在大專比賽上陣。」

「六分鐘，十二分，四個助攻，兩個進攻籃板。」宋華康忽然數起數字來，在凌昭如身後。

這時，上本直宏大喊一聲，用力傳出一球：「凌，接住！」

凌昭如單手一接，再用力一擲，往上本直宏的方向送去。馮英道：「看吧！」

眾人朝聲看去，上本直宏一接一投，中！

其實，這又如何？不過是回傳一下而已。

宋華康再次走到這頭巨象跟前，遞上數據紀錄，道：「你每次跟上本直宏同場，他有十二分是來自你的助攻，而你在六分鐘的上陣時間內，可以輸送出的四次助攻中，有兩次來自你的進攻籃板。」

「又如何？我不在乎。」凌昭如冷道。

馮英和上本直宏異口同聲：「我們在乎。你是超級中鋒啊！」

「七年前的事了。」凌昭如接過數據紀錄一看，馮英見狀，心中暗喜，知道凌昭如口中的不在乎，不過是口不對心的謊話，他緊接而上，道：「七年前，我也以為自己的球員生涯完結，但我不認命啊！你呢？」又道：「既然你今天太累，也就不加操吧！但你可以幫個忙，有位青年球員我不懂教……」

「別說笑了，你貴為U19菁英隊主教練。」凌昭如一雙眼仍緊緊盯着連串數據，好像在尋找失落已久的自我價值。「原來我每一場的六分鐘都有正值啊！」他心忖：「可是相比我以前的數據，這些又證明到什麼？」

馮英跟宋華康使個眼色，道：「那個年輕球員也是大專賽的超級大前鋒呢！今晚有他的比賽。不如一起去看看！他叫凌少軍！」

第三章：一仗功成．戰魂覺醒

1 霸王復甦

N.LEAGUE少年聯賽是孕育青少年新星的搖籃，幾年前曾出現過一次雙MVP（最有價值球員Most Valuable Player）的場面。記得決賽的最後一分鐘，由凌少軍坐陣的「高地灰狼」以一大四小的陣形對抗由兩屆MVP王進威領軍的「疾風光年」。那一個賽季，是凌少軍成名的一季，以場均十八分、八個籃板、四個封阻及四個助攻，首奪常規賽最有價值球員獎，跟當時得令的天坪學院主將——「疾風光年」首席射手王進威分享獎項。

猶記得當時，全場觀眾都興奮地起立，為兩隊打氣、鼓掌，不少球迷都大喊着凌少軍和王進威的名字，當中喊得最狂最大聲的正是凌昭如。最後的一分鐘，兩隊打成平手67：67，「疾風光年」的王進威被對方後衞緊緊盯住了，無法接應隊友的傳球，那是故意的孤立戰術，切斷王進威所有傳送，不讓他接球在手。無球在手，他就無所動，乾着急。豈料聰明絕頂的他索性沉到底線，利用中鋒的掩護，也把緊盯他的人移到籃下，拉開了足夠空間——讓隊友進攻，也讓自己靜觀變動。

能擁有兩座最有價值球員獎的王進威會是浪得虛名嗎？他的籃球智商，相對同齡的少年人都更成熟。當下，他選擇沉底，讓隊友切入，乘着緊盯他的人回頭一望，隨即一閃一飆，利用內線單擋，走到零度位的無人地帶上，終於，隊友切入剷籃，突破分球。「三分線呀！」凌少軍在內線苦撐着，赫然發現殺手已經在身邊出現，既急且慌地撲上前去，飛身阻截三分球——

自這役後，凌少軍足踝受傷，休養了九個月。那場冠軍戰也失之交臂。然而失望的，又豈止凌少軍？豈止球迷？還有一直教他打籃球的凌昭如。

「後來我的傷勢康復了，大哥陪我訓練、復健，鼓勵我再次參加N.LEAGUE，不過後來輪到他受了重傷，意志開始消沉，被球隊放棄，淪為浪人，之後……他再沒有來看過我任何一場比賽。」凌少軍在前一次集訓之後，跟馮英和殷青藍提及這一段往事。

但想不到，今天大專學界的四強賽，馮英、上本直宏會帶他的大哥到場觀戰。

甲組職聯的兩大球星到場觀戰，聯同曾經叱吒風雲的天王中鋒一起入座，立時引來陣陣驚呼，馮英和上本直宏——「熤TATOO」的星級戰將，球迷紛紛投以欣羨的目光，身旁的「巨象」凌昭如亦不遑多讓，惹來的大部分形容卻是：「這頭怪物是誰？」、「是凌少軍的老大哥啊！好像曾經是個人物。」

比賽一開始，凌少軍代表的球隊連續四個失誤，被對手打了一波9：0的小高潮，開局極差。或許是壓力吧！老大哥到場支持，令凌少軍心神稍亂，險些又一次傳球失誤，幸好身形壯碩，護球成功，壓在籃下……

「嘖！Spin Move 左手小天勾已經可以避開對手封阻了，偏要硬來！」一席上觀戰的凌昭如暗自沉吟，一邊觀察一邊搖頭，似乎對凌少軍的進攻方式不甚認同。到了下一波攻勢，凌少軍在高位策應，Pick and Pop 後，來一個中長距離投籃，卻投不進，中了後框彈出，凌少軍猛力衝前，搶奪進攻籃板球，補進！

這刻，凌昭如才稍稍點頭，跟身旁的馮英道：「這一招用得妥當。不過……他的打法欠侵略性，可以再狂再霸一點。」

馮英心中暗喜，心忖：「帶你來看親弟比賽，就是要挑起你的好戰火種呢！對了，繼續批評他吧！」

「問題就在這裏，你們 U19 菁英隊就是欠缺經驗豐富的內線球員當指導。」上本直宏未待馮英回應，已有默契地打蛇隨棍上：「老實說，聽聞你的老弟在 U19 隊內的選拔情況不大樂觀。你說得對，他的確欠了點霸道，欠了點火。可能……可能而已……他最後都未必選得上最後的十二人大軍。」

乍聽「未必選得上」這話，凌昭如登時一愣，繼而眉皺，輕怒，不大相信自己的親弟——沒資格！

又來一次攻勢了。凌少軍壓籃進攻，Spin Move後，來一個Up and Under，佯開了對手的大前鋒，卻萬料不到上籃之際，被兩人夾擊下，吃了一記「大火鍋」！

「吡！打手犯規。」球證鳴哨，判凌少軍得兩個罰球。可是，大火鍋的恥辱引來全場的嘲笑暗浪。

「他怎會選不上？不可能！」凌昭如說話的同時，緊緊地握實拳頭，馮英見狀，暗自叫好，激將法要派上用場了。他道：「怎會不可能呢？你不也是一樣？明明是一級高手，卻自甘平凡。」

「馮教練，別這樣吧！大家都是一場隊友，說話不必說盡！」上本直宏來個「神級助攻」，又道：「老實說，昭如兄的高峰已過，現當個稱職的後備亦是合理的，反而池田教練要求加操，或者是強人所難，但凌少軍可不同了，明明是大好前途，而U19亦真的欠缺一個身形壯碩的大前鋒，可惜，聽說他的競爭對手亦不弱，我看啊……要爭取港區代表隊的最後一席，難度極高。」

凌昭如看着親兄弟在場上拚命，表現尚算亮眼，卻又孤掌難鳴，隊友的支援不足，不期然叫他想起自己年輕當打的時期，一人獨霸，什麼最佳防守、最佳中鋒、籃板王、最有價值球員都一一得到過了，無奈到了季後賽，永遠無法突破，眼前的凌少軍，唉！愈打愈累，由奮力的抓籃板、強行爆籃，到遭受夾擊、緊纏，始終難以替球隊拉開比分，還剛剛被對手一記三分球中鵠反超！

現場球證鳴哨暫停！

「我不看了。」凌昭如冷冷的一句，拾起背包轉身起行。

「那麼明天晚上加操環節，你會來嗎？因為我也約了凌少軍……」馮英問道。

上本直宏搭腔：「對呀！你也來幫個忙吧！」

凌昭如沒回頭也沒回答。巨大的身形破開了人叢，開了一條留有微弱火種的路。

「他會來吧？」上本直宏看着場上的凌少軍，彷彿看見凌昭如的身影。

馮英眉頭一揚，不置可否：「我希望他會到！」

回家的路上，附近的球場，裏面是幾個「鬥牛」的戰地，傳來的是球員奔跑、急停、着地、轉向、衝刺的聲音，是激烈廝殺中的呼喊、是被粗暴攔截下的狂吼、是向對手亂噴的垃圾話。晚上十時半，球場亮白如晝，血汗在裏頭，勝負在裏頭，尊嚴也在裏頭，一一都在燈下照得清清楚楚，曾經，他兩兄弟都在這裏打個天昏地暗，燈熄了，人散了，仍有他倆要為打造更好的自己而繼續苦練。兩人相差十數載，大的一個訓練小的一個，小的一個幫大的一個撿球、傳球，視大的一個為終生偶像，幸好附近有二十四小時營業的便利店，在午夜時分，兩罐汽水，兩個杯麪，附和着兩兄弟的笑聲。

凌昭如在球場外呆站了兩、三分鐘，已經引來不少鬥牛勇士的目光，他沒有進場上陣的意欲，短短時間，足夠他回顧籃球生涯的上半生，回顧與小弟的相處時光。忽然一個籃球滾到他的腳邊，他撿起之際，一個十三、四歲左右的少年站在跟前，伸手接過他手上的籃球，說聲謝謝，便轉身奔回球場。這少年的背影，是凌少軍……

也是凌昭如十三歲時的身影。

他的籃球生涯下半場仍在呆站中虛度嗎？

他清楚了解自己，仍想有一番作為吧！昔日的霸王氣色如今安在嗎？他仍可以爭霸天下嗎？球隊不會以他為中心了，不會為他訂製專屬戰術了，他只是一個藍領工，天王身分早已不再！

十三歲時的我，是怎樣打球的？怎麼會愛上打籃球呢？那時候，初心在想什麼？十三歲時的我，在球場上是如何自我磨練的呢？在三十歲的黃金頂峰上，我耀眼奪目過，卻跌進了流浪的漩渦，今天三十七歲，還行嗎？

唔……還行！應該還行！潛藏在心底三千尺的另一個凌昭如忽地向上掘挖，是一種不甘，是一種勇氣。本來深埋了的，自以為看破了球員生涯浮沉起跌的自己，如今不知因由地被撩動起一股蠻勁，昔日在賽場上，「信天翁」的最強中鋒，一夫當關，萬夫莫敵，籃下禁區成了對手的禁飛區，別人的禁區成了他的屠宰場，有他在陣，恍若驚濤駭浪中的定海神針，六呎十吋的身高，超長的臂展，厚實的身材，堅若鎧甲，霸氣十足，是日本戰國的織田信長？還是豐臣秀吉？不如說實在一點，無論身形、打法、氣度，都跟九十年代 NBA 四大中鋒的 David Robinson 相像。

俱往矣！還看今朝！

大專四強賽昨晚完結。凌少軍代表的大學球隊最後以三分之差飲恨。雖然他獨得三十二分，十二個籃板，十個助攻，七次封阻，當選為當晚的Best Player，卻無助球隊殺進冠軍戰。

「下年再來吧！」訓練場館內，馮英、上本直宏和助教宋華康都在場。馮英道：「下年大三了，就用今年的努力，為來年最後的大專賽季鋪路吧！」

助教宋華康又翻開一頁頁的訓練紀錄，查看一個個數據圖表，顯現他對數據有一種癡迷的執著。他道：「我翻看過你昨晚的比賽，仔細做過統計和分析，發現你得到的三十二分當中，低位進攻得分和禁區內爭搶進攻籃板的補籃得分，明顯有頗大的差距。」又道：「今晚加操練習，要集中在這關節上。」

上本直宏接過統計一看，甚表認同，他點頭道：「同意。你的低位單打進攻真的欠佳，反而卡位搶板補中的能力極好。看來要多磨練你的低位內線進攻。雖然身形不像你哥般厚實，打法卻可更靈活。」

凌少軍心知三星期後，是U19菁英隊的投票日，屆時能否得到隊友票選，爭得最後一席，視乎在短時間內能提升實力，得到他們的認同。他心忖：「易之朗有『騰龍』青年隊的專人訓練，資源上一定比我優勝。但不打緊，馮英教練和上本師兄都很關照我，我一定不可以令他們失望。」

「不過……」馮英在戰術板上畫了幾個位置，欲言又止的同時，也遙望着場館的出入口。

「不過什麼？」上本直宏急問。

「沒對手！你和我都不是內線球員，很難當他的訓練對手。」馮英一邊說一邊看腕錶，好像在等，等一個不知道會不會來的人。大家都跟從馮英望去的方向，慘白的光管映照一道黑色扶手樓梯，出入口半光不暗，像一個不知通往哪處的神秘缺口……突然，一串踏踏踏的腳步聲自梯間傳來，微弱的光線，灰黑的人影趨近，漸見成形，是一個巨大的人影！

馮英和上本直宏相望一笑，身旁的宋華康也意會到，昨晚帶他觀看大專四強賽事，是為了造就今天特訓環節的伏筆——凌昭如一身訓練服裝束，提着背包，拎着籃球，步進訓練場館，遠遠的跟弟弟凌少軍對望着。

一段段年少時一起在球場上加操和特訓的畫面，好像突破了時空，在訓練場館的神秘出入口彈射而出，鋪在球場的木地板上，有走動、有聲音，也有血淚、有哭鬧、有歡笑、有激動、有吵架。每一幅聲畫俱在的過往，正同步拼貼着，在兩兄弟站立的位置之間重新連線。

「哥……怎麼會來？」凌少軍豈會想到，馮英幹的一番好事，正是自己多年來的心願。至少三年，兩兄弟沒在一起訓練了。

上本直宏走前兩步，打算上前迎接，卻想不到首先開腔的是凌昭如，更想不到他第一句話就是罵人的髒話：「混帳！你怎麼打不進冠軍戰？你的進攻模式單調，沒威脅，防守乏力，軟弱得像一張抹糞的紙巾。不知所謂！不知所謂！」

被自己的老大哥喝着罵，凌少軍沒垂頭、沒喪氣，腰板挺得更直，一邊迎前，一邊走進球場，兩個身形相若的巨漢，一老一少的對峙着，彼此不再多言，心中默契了然，都是同一個字——「義」！凌少軍興奮的笑道：「別老是想教訓我！要打倒我！老將。」

他跟大哥碰臂、握手，熱血猛烈地燃起。凌昭如滿有自信，道：「打倒我？我可是天王級別的中鋒啊！」

「那請你拿出天王級的本事吧！我已不是菜鳥呢！」凌少軍說罷，轉身向球場的禁區走去。宋華康也跟着後頭，推着一輛球車。

馮英、上本直宏和凌昭如在場邊，三雄對望，三人之間磁場互碰，磨擦生風，旋即引動一股氣流，識英雄重英雄，不用多言，彼此心照。

「多謝！」凌昭如由衷而發。上本直宏望了馮英一眼，點頭微笑，道：「凌老大，馮英跟池田教練打賭，要把你由無心的浪人，改造成球隊第二梯隊的重心主力，我都是幫個忙而已。」

「多謝！」凌昭如再向馮英認真點頭。他是打從心底致謝的。回望過去幾年，場外對傳媒時總是敷衍應對，說什麼一切為了球隊、為了勝利，但上陣時總是患得患失，時好時壞，像一台壞了齒輪的時鐘，何時正常運行？大多數時候都誤時呢？有想過接受的，但接受不了角色球員的任命，放不下天王身分，如今，為了弟弟、為了自己、為了尊嚴，由昨晚開始到現在，都有一句話徘徊在心：「弟弟一直在看着我！」

馮英拍拍自己的心口，道：「我曾是過來人，我懂的。季後賽來了，你協助訓練凌少軍，也是訓練自己。『煜 TATOO』希望可以殺進總冠軍戰啊！」

傳說，在中古世紀的歐洲中部，有一座城堡，裏面住了一條沉睡的噴火龍，守着數之不盡的黃金和寶石，有一天，幾個武士闖進去，撩起了這頭魔龍的怒火，結果……

「都說過了，低位 Spin Move 的同時，別把球放在肚子旁，要猛力抽起，手肘架起保護自己，也可惹來犯規。」

「別老是在底線中距離跳投，Post Up 之後轉身，先判斷對方防守距離，強打內線更重要，你不強攻內線，外線球員怎可換來空間？」

「高位擋拆雖可以 Roll Out，中遠距離投籃也無不可，但你的對手看準了你只肯投籃不肯壓籃，便少了很多令對手顧忌的路數了。」

「說了多少次，步法多變是殺着，最適合你這類身形的中鋒，你不是柱躉式中鋒，打法應要更像 Kevin Garnett、Anthony Davis，他們是值得你參考的。」

「來！看看我……特別注意我怎樣Cross Court Pass的轉向，弱邊的射手最靠你的傳球視野，有時候隊友Back Door切入，你的傳球路線一定要看得清、看得通透。」

「來！一會兒練完低位進攻後，一起到健身房去，你兩肩和上臂的肌肉均要強化。」

「想不到老將有火，馮英，你果真有一手，帶他觀一戰，便可以輕輕撥旺這老頭的火。」上本直宏因為要配合凌昭如的指示，不停地充當弱邊射手，接、傳、跑、射，比平時訓練更辛苦。馮英打趣笑道：「是你自己要求加入特訓的，別怪我。哈……我看啊！懂得用他，我們的實力一定大大提升。」

回說場上，兩兄弟正在一打一攻防對練，每次進攻，都要運用特定的進攻招數，即使明知防守者已經洞悉，也要靠自己在腳步上的變化，感應防守，想辦法進攻。二人深深知道，各自都有看家本領，但默契已立，壓箱殺着不可用，只可以用最不純熟的進攻招數。凌昭如最弱的是中距離跳投，故不可以強攻籃下，凌少軍最弱的就是低位步法，便得不斷使用，轉身、Up and Under、Fade Away、小天勾等等，每招每式都練上百次。

自這晚之後，每天晚上，兩兄弟都在練習。就算不是特訓日子，也會預訂屋苑的會所球場私下訓練。「既然睡醒了，便沒有不跑動的理由！」凌昭如前天在球隊練習時，跟馮英說。

池田加佑和助教團看在眼裏，都佩服馮英可以單人匹馬，深入山林，喚醒一頭藏身山洞中的古代怪獸。「看着凌昭如的表現，確有把正選中鋒拉下，取而代之之勢。」助教們討論着。

「我們要想想如何用他了。」池田加佑招一招手，兩名助教立即提着「球員正負效率報告」過來。

2 老將天下

「哥，你今晚會上陣嗎？」

「唔……」

「池田教練沒有派你上場，太沒眼光了！這幾個星期的操練，可不是白操的。」

「唔……」

「哥，『華南虎』輸了上一仗，今日為了一局，必定瘋狂搶攻。」

「唔。」

季後賽第一輪已經開打，各隊已經打了第一場，毫無懸念，A組的「騰龍」、「赤田神箭」率先領前一仗，「騰龍」的大老闆阮志成還揚言，球隊的目光不會放在眼前，且已立下戰書，向B組的「太平洋石油」宣戰。然而B組的「太平洋石油」面對

「大北者」的首仗，竟有主力李琪和黃庭軒傷出，在拼到最後五分鐘，才由郭子丹連續得分穩住勝局。多數球評家預測，「太平洋石油」過了「大北者」一關，面對「煜TATOO」或「華南虎」，都未敢樂觀地晉身冠軍戰。

五月天，初夏風暖，正是各項聯賽進入最火辣的時節。大專學界的冠軍和季軍戰正將展開，中學學界精英賽接近完結，職聯的季後賽現正熾熱，一時間，這土地上綻放的盡是熱血爭戰的火花。距離U19菁英隊票選日尚有四天，當日的早上正是大專聯賽季軍戰，晚上就是票選。凌少軍得知對手易之朗剛在學界四強戰殺敗了皇家籃球學院，意氣風發地領過當場的Best Player榮銜，勢頭頗強。

「別理會別人，相信自己就行。」老大凌昭如在自己的比賽前，鼓勵着小老弟。

爆滿的比賽場館內，「華南虎」的聲勢比「煜TATOO」浩大，以內地宗親會的號召力和動員力，懂籃球或不懂籃球的，都把一車又一車的人運到場館，車子一一泊在停車場，比賽後再一車又一車的送回內地。他們迷信一條硬道理：要贏就先贏聲勢。他們認為上一仗就輸在這點上！

以紅藍作主色調的旗幡上，繡着一頭華南虎，瞪怒目、舞利爪，虎虎生威。入場的支持者都手持小旗，各歸入小組，按座席坐好，同時各小組隊目要負責舞動大旗，讓現場直播的電視台攝錄所得，盡是一片鮮紅主色、銀藍鑲邊的旗海，旗上一頭黑間白身的猛虎，在眾球迷揮動之下，有若千頭森林之王在觀眾席上游走、跳動。相反，「煜TATOO」低調得過分，球迷們都幫忙舉起手機，拍攝對面座席上十多二十個宗親會助威團，然後為準備開戰的「煜TATOO」大喊加油！

池田加佑教練領着球員進場，眾將在場上作投籃熱身，助教團隊也各自忙着。「今天都準備好了？」池田教練把凌昭如拉到一旁問道。

凌昭如老實的點頭。池田教練又道：「我也覺得你準備好了。拚防守、拉籃板球，盡是 Dirty Work，沒問題吧！」

「你讓我上陣，便證明給你看吧！」凌昭如回應的說話簡短有力，立即教池田教練感到安心，面露微笑，粗粗的眉一揚，一手拍在凌昭如堅實的胸肌上，道：「我從前看過巔峰時期的你，今日會製造驚喜給我嗎？」

另一邊廂，「華南虎」的正選已經就位，明顯擺出「雙鬼拍門」加「三台轟炸機」的主攻陣式，誓要追回一局。上一仗，他們陣中缺少了兩名外線主力，最後以十分落敗，今日，三台「F-16」正式回歸——前赤田神箭的小前鋒許朗懷，前匯天高中三分王、常規賽最佳新秀一陣的陳喆同，菲律賓籍外援雙能衞祖拿斯。在常規賽中，這三人同場上陣的得勝率高達 75%，唯一令「騰龍」吃過敗仗的四場賽事之中，正正就有一場，是「華南虎」三巨頭幹的漂亮一役。

第一節，「煜 TATOO」派出高先進、上本直宏、馮英、田子文、夏木一雄，凌昭如暫時坐在後備席上末端。現場直播的鏡頭正捕捉場上十人的臉孔，嚴陣以待、不苟言笑，步槍在握，衝刺的匕首藏在腰間，球證鳴哨，球往上一拋，兩軍的中鋒比拼一躍！

夏木一雄微勝半分，指頭一挑，撥給了老將馮英，對方的最佳新秀陳喆同立即全面封殺過來，不讓馮英高速運球。「前輩，休想快速突破。你快不過我！」陳喆同得教練的指示，以極壓逼性的防守，盡快虛耗馮英的體能。對於征戰多年的老將來說，陳喆同不過是他的球員生命中，其中一個不知天高地厚的衝勁小子，沒什麼特別，也沒什麼值得緊張，「他算什麼最佳新秀一陣？郭子丹和林天行比你優秀十倍。」

在場上觀戰的，當然有郭子丹和林天行在。兩位 U19 的年輕球員肯定是馮英球員生涯晚年的入室弟子，看見馮英不慌不忙的護球前進，過得半場之際突然換手運球變速切入！

「這招我吃過了，吃盡苦頭！」郭子丹笑着說，眼見陳喆同突被馮英變速壓前的窘態，既有同感亦有同情。

「如果是我，我不會這樣守他！」林天行的成長歷程中，跟過「鬼影步」徐風、「獵豹天王」殷青藍、「白髮魔術師」楊老教頭、「紅頭怪」楊濤，現在跟馮英，可謂系出各派名師，在攻防的意識上早被磨練成熟，他的話頗有道理。

陳喆同在馮英的「教導」下，被耍得團團轉，切入、後撤、No Look Pass，馮英就是老而辛辣的薑——上本直宏接應回馬槍，一記中距離得手！

「對手打人盯人防守，下一個攻勢轉打一、四拉闊，上本直宏Isolation。」馮英一邊退防一邊大喊。與此同時，「華南虎」三架「F-16」之一的許朗懷已經在高位擋拆破開了高先進的防守，引得夏木一雄面對面的錯配防守，一記Long Two投籃回敬！

短短數十秒，攻防拉鋸得扣人心弦。「華南虎」於此戰是破斧沉舟式硬幹，一時間，半場盯人緊逼戰已經把上本直宏和馮英咬得死死。當然處變不驚的星級球員仍能沉穩應對，減少失誤，可是對方的單防能力頗強，加上不勝不休的決心，逼得田子文、夏木一雄、上本直宏、馮英等等的孤立戰術難以奏效。

想不到第一節過了四分半鐘，「華南虎」竟然成功阻止上本直宏的進攻。「干擾他就可以了，不一定封阻，只要令他無法在習慣的進攻位置接球，或者令他付出更多體力來發動攻勢，便是成功了。」教練在賽前已製訂了防守方向，任由馮英和上本直宏運球和傳球，卻萬萬不可讓他們進入無解的狂攻狀態，只要令他們無法投入節奏裏面，「煜 TATOO」便難以跟我們死纏到最後。

24：18，「華南虎」領先六分，陳喆同、許朗懷和祖拿斯攤分了二十四分，也把上本直宏、馮英壓到五分和六分。其他綠葉球員得分不打緊，只要主力失焦，鬥到第四節便是這頭華南虎的天下。

「換人嗎？」

「要換吧！」

「不！太快了！」

「煜TATOO」的助教團急忙圍在一起研究應對策略，可是主教練池田加佑連暫停也不想用。他正自盤算，後備席上可用之兵，有兩個，是他的軍事藍圖中最後動用的秘密武器。「他倆一定要到必要關頭才可用！」

終於，第一節的最後兩個攻勢——馮英接過高先進的回傳，在正中的三分線弧頂立定，陳喆同的手已到，封住了他慣用的右手，也截了他右切的去路。「前輩，我已說過，別休想鬥快！你的速度已不如以前。」

馮英凝神定氣，護好籃球，尋找田子文和夏木一雄在高低位來個內線單擋，然後上本直宏從弱邊殺進禁區，在電光火石間，三條走位路線交疊縱橫，在重疊的空位上，上本直宏一躍——「拆你屋」空接入樽——

休想！

「華南虎」的大前鋒彭世忠和分衛祖拿斯同時躍起，一左一右自兩側殺來，彭世忠身高手長，快人一步，一手把空接的傳球擒下，像生擒一隻剛起飛的雛鳥，教上本直宏預想的空中入樽畫面給一爪撕掉！

同時，彭世忠右臂拉弓，來個棒球式長傳，直投到「煜TATOO」的禁區，陳喆同搶先一晃，突然變速甩開馮英，如一根乘疾風的快箭，接應長傳Lay Up得兩分！

時間剩餘最後二十八秒……

「煜TATOO」的高先進接過馮英的底線傳球，急速運球上前，力壓着祖拿斯，傳球給內線的夏木一雄。他在低位壓籃，引得對手夾擊，立即把球傳去弱邊，馮英跟上本直宏在側翼擋拆，再度為上本製造空間，可惜這球傳得太急，上本趕不上接應，已被許朗懷伸手一撥，撥了開去，幸好馮英比陳喆同快一步撿起籃球，尚餘十二秒，陳喆同的封路截擊又至！

馮英心中計數，十二秒仍有足夠時間……十秒……他換手運球、Head Fake……九秒……陳喆同防他剷籃……八秒……馮英左手運球，作勢變速……七秒……「到底馮英想怎樣？老鬼在算什麼？」陳喆同盯緊了馮英的左手……五秒……馮英左路殺入——四秒……陳喆同暗自興奮，以為猜透了馮英的攻勢……

三秒……馮英急停，Crossover 右切……兩秒……一秒……他佯裝切入，騙倒防守球員，其實是一個左後方的 Step-back 後撤步，直把陳喆同甩進禁區去，來個震驚全場的 Ankle Break，眼睜睜看着馮英撤到三分線上出手——進！

常說，球場是英雄地，萬千球迷的目光聚焦在場上十人的惡鬥，若被對方耍弄一回，極有可能被取笑，輕則被送上網路視頻，重則被觀眾牢記一輩子，剛才陳喆同被老將馮英一記簡單的虛招，弄得人仰馬翻之餘，還要眼睜睜看着他在自己面前的三分線上投進一個三分球，跌坐地上的陳喆同萬萬想不到，馮英這老將不但不老，還靈活得如一頭山野壯猴。

「小子！第一節而已，快站起來，看老爺子表演，是你學習的機會。」馮英邊退後場邊朗聲道，第一節完結的笛聲猛響。

這句是譏諷的垃圾話，還是激將法的鼓勵？只有陳喆同才感受得到。他重新站起來，眼神沒半點頹喪，仍堅定的跟馮英對上一眼，似笑非笑的點頭，像說：「看來當今籃壇，仍有你馮英的一席之地！老將果然薑辣！」

第一節完。26：21，「華南虎」暫勝。

他該是上陣的時候了。

「第二和第三節內要定勝負，直接把『垃圾時間』帶進第四節。行嗎？」池田教練招聚眾將，下達一道簡單命令。真的簡單嗎？對手還領先幾分，哪來的膽量說要在兩節後殺敗對手？「我對這裏所有人都極有信心。而且，對方除了正選球員具實力外，後備的殺手Joe Johnson傷患纏身，上不了陣，但我們不同，我們的後備都是裝滿電油的超跑啊！是嗎？凌昭如！」

聽見主教練的提問，眾人都望向這頭六呎十吋的巨人，三星期無間斷特訓：身，收了，心，也修了。他看見眾人都對自己投來期待和信任的目光，便深深吁一口氣，閉上眼，用力拉扯球衣，忽然一爆——振臂狂吼，為自己打氣，為終於得到再證明自己的機會而打氣——「昔日我是天王級別的球星，今日只是一個很用心上陣，做好一切球隊要我做的角色球員——仍很有星味的角色球員。」他應了將令，跟在馮英身後，抬頭環看場館所有球迷觀眾，彷彿聽見驚喜的歡呼，聽見驚訝的質疑，也看見連番驚奇的問號——凌昭如？他是「白日夢天王」啊！「煜TATOO」打算認輸？

第二節開始，「華南虎」收起了陳喆同，竟派出以為不會上陣的 Joe Johnson，這也是超乎眾人所料的調動。曾經，NBA 也有一位全明星球員 Joe Johnson，當然跟眼前這個不是同一人，卻是同一位置——得分後衛，能切擅射的搶分好手。季賽前一直養傷，猜不到竟然在今仗復出，看來球隊已到了無可選擇的窮巷，放手一搏了。

上本直宏深知眼前的 Joe Johnson 也是個不可看輕的人物，自內地 CBA 聯賽奪得一次得分王頭銜的球手豈是泛泛？眼前的他沉默無言，靜觀隊友的走位配合，直如一頭雄獅，善於隱身在烈日下的低矮草叢中，伺機撲殺獵物，這種感覺讓上本直宏直覺地想起了宿敵殷青藍，沉默、冷靜、快速、力猛，眼前這廝，會否也是殷青藍的同類品種？

毋庸猜度，實證在前！Joe Johnson 已經接應來球，砰一聲拔地而起，無虛晃無轉向，就是一個突刺式切入，壓着上本直宏半邊身，開膛切腹殺進禁區。坐鎮內線的夏木一雄也料想不到，上本直宏竟會遭人快速突破，一時間補位不及，白白看着 Joe Johnson 第一個進攻以 Tear Drop 上籃作結。

「你休想！」

「啪——！」

Joe Johnson 力壓上本直宏殺進禁區的「淚滴式」放籃……竟在最高點……被一隻……一隻黝黑的巨掌……以排球大鎚手殺球的方式……拍出界外，直飛最前排的觀眾席。

這不知何方飛來的巨掌，從後殺來！最先大放驚異歡呼的是一眾旁述員，然後才猛地喚醒了幾千名在場的觀眾，那兩秒間的防守震撼，已不關乎精彩不精彩了，而是地撼山搖的末日警號，警告「華南虎」眾球員，「煜 TATOO」的禁區，是我——凌昭如堅守的禁飛區！

試想想，球已在半空的最高點，一個以「飛將軍」姿態的凌昭如從後補位一躍而上，巨壯橫練的身形猶如一部加速爬升的穿梭機，臂展極長、手掌極大，封殺這記投籃的時間也剛剛好，慢半秒都會被判干擾進攻，讓對手照得兩分。「經驗、力量、速度、智慧集一身的防守示範！厲害！想不到會是凌昭如！」資深球評家兼今場的旁述盧雄拍掌讚道。

都說他已準備好！馮英跟凌昭如擊掌的同時，回頭跟教練池田使個得意的眼色，池田加佑也笑着回他一個敬禮。「上本直宏和馮英，這三個星期幹了什麼？怎可以將一個球員生命已在暮年的老將改造成這樣？」助教們都嘖嘖稱奇，拉着助教團中資歷最淺的紀錄員宋華康發問。宋華康笑着聳肩，沒有回應，心忖：「關鍵不是上本和馮英老大啊！是凌少軍！是他兩兄弟的微妙關連起了核爆式的化學作用。」

「上本，別再讓 Joe Johnson 輕易吃掉啊！」凌昭如又在兩記強力封阻之後，提

醒上本直宏，又道：「逼 Joe Johnson 去左邊，他左肩有傷，所以一味右切，根本傷患未癒。到左邊去，減低他的火力！」

「夏木，我和你高低位單擋，我拼進攻籃板，你盡情進攻。你最擅長罰球線的中距離球，我拼到籃板球也可以小天勾放籃。」凌昭如愈打愈有信心，還跟馮英提議：「我準備好空接了！」

馮英點頭，自信已跟凌昭如連線，上本直宏見狀，立即大喊二號戰術，好讓這兩名老將表演。「來吧！老將的天下。」

凌昭如在高位接應上本直宏的傳球後，立即轉向傳予弱邊的馮英，然後轉身到低位跟夏木一雄單擋，讓夏木升上罰球線接應馮英的回傳，來一記中距離跳投，這一招已經演練過上千次，在第一節到現在——第二節中段，夏木單用這招已搶了八分，同一招吃四次，防守夏木的彭世忠確要負上最大責任。豈料，如今加上狀態回勇的凌昭如，變化陡生，空接入樽的畫面來了……

夏木一雄的經驗不亞於凌昭如，雙塔在高低位單擋也不是什麼複雜戰術，要破解是辦得到的，只是……當你遇上善於擋拆變動的內線，要破，還是破——不——了！凌昭如單擋夏木之後，立即在籃底轉身 Roll 垂直一跳！

馮英就是知道，上本直宏就是知道，這一記空接「拆你屋」入樽如能成功，這場比賽便可以即時宣告勝利。這一記空接「拆你屋」如能成功，「煜 TATOO」的內線大將軍必然再次崛起，跟聯盟中的列強爭霸。

「轟！」一聲的空接入樽之前……是馮英的精彩演出，他在三分線上 Crossover 運球虛晃，球在兩腿之間來來回回，噗噗、噗噗的着地聲掌握住防守者的心跳，是突刺的加速嗎？是反撤遠投？如果是後撤，是左後還是右後？抑或左側橫移？右側橫移？天啊！這種看似慢條斯理的運球很磨人，NBA 的 James Harden 就最擅長了，花樣變化之多，非但令人眼花繚亂，更使人陷於防守決策的泥沼，抵不過引誘，想要去偷球就易惹來犯規，決心防他切入，又怕他外線神準，馮英啊！你想怎樣？

「這老將是值得年輕人學習的。」旁述盧雄私下跟身邊另一球評道：「這種運球手法和路數，是他從前未曾用過的，我肯定是他苦練得來，重新學習，為自己的武器庫多添兵器。其實在他這個年紀，將近退役，還學來幹麼？」

另一球評邊聽邊點頭認同，看着馮英運球的純熟和老練，便知道他下了不少苦功，為了繼續在高水平的聯盟打下去，活到老學到老，在籃球場上這片土地，要發掘、探索的地域似乎未見邊界。

動了，是這五、六秒間的事。凌昭如單擋 Roll 了到位了，是讓他直線起跳空接灌籃的時機——來吧！

馮英 Crossover 運球之際，突然後撤，誘使防守的 Joe Johnson 以為是外投遠射，立即撲上封阻，誰知正中圈套，馮英人如疾箭，突破切右往底線殺去，再引得內線球員補防夾擊，便來個 No Look 高拋……凌昭如已人在半空接球「拆你屋」。

「華南虎」大前鋒彭世忠抵擋不了這一頭史前長毛象猛力轟擊，被撞飛底線界外，傻着眼呆望凌昭如單手空接入樽，記者的鏡頭正好攝得他那呆滯的眼神，和君臨大地的凌昭如亢奮地仰天狂吼。

這一吼，猶如圓月當空，山嶺之上，一頭孤狼跑上峭壁懸崖的最高處，在崖邊急停，十數顆小石和着沙泥，沙沙霎霎的接成一串下墜的塵煙，孤狼蓄勢低吼數下，忽地仰望銀月發勁吐聲長嗥——山鳴谷應，森林裏的狼羣紛紛號叫附和，歡欣地尋得首領，而首領也因着覓見同伴，再三長嘯，喧鬧着靜夜的山野。

𠺘——球證鳴哨，「華南虎」急忙要求暫停。場館有若山林，凌昭如振臂長吼，隊友興奮地簇擁推撞，擊掌碰拳，觀眾席上「煜 TATOO」的球迷亦歡呼響應，目擊久歷低迷的老將軍重掌內線兵符，這一仗是必勝的了。幾近凌昭如爆樽灌籃的同時，他是席上第一個猛地長吼的觀眾——凌少軍！

兩兄弟，都在戰場的內和外了。凌昭如遠看着凌少軍，在吼叫聲中，引發共鳴共振，凌昭如向着凌少軍的方向舉起單掌，觀眾席第一行的凌少軍也舉起單掌，兩人隔空一擊，迸發着男兒之間的義氣本色。環顧場館內，最知道發生何事，何事振奮人心的只要幾個人——馮英、上本直宏、宋華康，不約而同地，三人交換眼色，都是同一句話：「我們就是知道！」

3 不清醒的第四節

球賽結果已經定了調？不！

「華南虎」豈是省油的燈？

來到第四節，比數差距不過十分。「煜TATOO」以八十三分領先「華南虎」的七十四分。不過，賽事的最後勝利者的確不用置疑，就連一眾華南虎將都深信，今天沒法扳倒對方兩名老將——馮英和凌昭如。

盡力打！第四節來到一半，差距十分之內，要反敗為勝，不是不可能。一眾虎將仍然保持高水準的表現，唯戰心早被震懾，攻守皆失了方寸。馮英再度被陳喆同緊纏，但這一次，陳喆同真的抱着學習的心態，防守之際，同時觀摩，馮英在場上，即使沒持球在手，也能指揮若定，指示隊友走位，當他手上有球，更是無解傳送的時候，他總會在適當的時候找到適當的隊友作出適當的決定，甚至有些傳球是超乎常人的 No Look Pass。

他右切，劏籃的一刻，在內線給兩人封了去路，卻原來一切都是為了凌昭如有空間爆籃。這一球是穿腿彈地回傳，凌昭如一早站在罰球線上等這記來球，跨步一接，單手大力鋤樽！第四節打下來，凌昭如已經得了三十六分。

「用兩個人，守住馮英，要逼他早點傳球，別讓他控球在手指揮隊友。」教練在這一節中段已用盡所有暫停。相反，「煜 TATOO」總教練池田加佑已經談笑用兵，換走了上本直宏和夏木一雄，換入幾個後備球員，搭配馮英和凌昭如，好像在練兵，在季後賽練兵。可想而知，池田教練早已深知這一仗的勝券已握在掌中了。

誰可逼得馮英陷進窘境？陳喆同固然不可以，於是多加一個久傷初癒的皇牌 Joe Johnson。

「馮英早已進入不清醒狀態，派多幾個球員夾擊都沒用！」球評一眼看穿，馮英的「不清醒」就是「最冷靜」。他一個急停，在陳喆同和 Joe Johnson 之間望左傳中，撕開了兩人的防線，讓隊友殺進中路接應傳球跳射——中框彈出！

不打緊！內線還有飛將在，凌昭如卡位搶籃板球的本領已經重開，一人爆開兩名內線，壯臂一伸，直如挖土機的鋼鐵長爪，抓下籃板球，拍一下，回身 Spin Move，雙手猛力入樽，兼得罰球。

「噢！連凌昭如都進入不清醒狀態了。」旁述盧雄替「華南虎」提早哀悼。

球評卻說：「他？哈……他一早已不清醒了。」

當一個最不清醒就是最冷靜的時候，而另一個最不清醒就是最具爆破力的時候，就如最冰冷的刀鋒遇上最火熱的 C4 炸藥，一個以遠射和傳送的外科手術，為對手開膛破胸，另一個在別人的禁區內隨時引爆，這種極具毀滅性的二人組合，任何一隊遇上了，千萬要留心，別讓他們開啟「不清醒模式」，否則球隊會遭受他們的蹂躪，變得滿目瘡痍。

說時遲那時快！

雖然 Joe Johnson 以一記三分球回應，卻防不了凌昭如在底線的棒球式長傳，馮英在前場敵陣接應，剛好在回防的兩個球員前跨開「歐洲步」，閃右去左，上籃得分，錄得他今場個人的三十六分。

比賽尚餘最後三分鐘。馮英沒有再得分，但他在這三分鐘內瘋狂送出八個助攻，當中有五個都是送給球迷的，也送給教練的，更重要的是，送給凌氏兩兄弟的。

「華南虎」在絕妙五助攻下，宣告投降！

第一個助攻：陣地戰針孔式 No Look Pass。小前鋒元兆華接過凌昭如的轉向傳送，快傳予三分線弧頂的馮英，馮英作勢投射，卻原來是一記極快極狠的針孔式彈地傳球，直線插進籃底，凌昭如一步到位接球在手，兩名內線防守球員根本看不清這一球怎樣傳進禁區來，又怎能及時協防？只能光看着凌昭如單手大力劈柴式入樽。

第二個助攻：那是送給另一大前鋒市川信明Lay Up得分之後，乘對手不覺抄截得來，然後單人匹馬突破運球直劏禁區核心，引得「華南虎」兩名外援Joe Johnson和Dave Barron同時夾擊封殺，豈料一切又是作假，馮英開步上籃只是虛招，後手傳予左邊殺來的凌昭如才是真正殺着——風車式強力入樽——！

C4炸藥爆開來的時候，整支「煜TATOO」連同在場所有觀眾都給震碎了靈魂，要逐片逐片撿回魂魄，方可重組這一對老將組合的連線轟炸畫面。凌昭如怒視籃框，宣示主權——禁區霸王今天正式回歸。

第三個和第四個助攻，都不像第二個助攻般震撼人心，可是第五個助攻，發生在賽事最後二十秒，肯定成為本地各大籃球頻道全年反復播放的經典畫面：馮英再次接應市川信明的傳球，跟他在四十五度角的三分線上單擋，市川信明馬上Roll Out，馮英回頭一望佯裝回傳，卻原來一手高拋，拋向籃框，讓凌昭如從另一邊飛去「拆你屋」空接入樽！還把對手的後備中鋒蔡進和震倒地上，相機鎂光燈熠熠閃閃，這定格畫面已經是翌日體育頭條的必登圖片。

賽後，「華南虎」的主教練在記者面前承認，球隊慘遭淘汰，被兩名超級老將打垮，絕對心服口服。

第四章：英雄內戰．戰騰龍者

1 U19最後一席

「今晚要吃一頓超豐富的！我已邀請了幾位前輩同來。」連續特訓苦練三星期的兩兄弟在賽後互相擁抱，凌少軍指着觀眾席前排的幾位——馮英、上本直宏、殷青藍、楊濤，還有「數據王」助教宋華康。他們一字排開，記者們都把握着這個球星雲集的一瞬，上前拍照。

凌昭如跟這幫籃球英雄對面立着，既感激亦感動，在公在私都要向他們道謝。畢竟球員生涯總有起有跌，重點正在於當你跌倒時，身旁有人把你扶起，而非一沉百踩，楊濤因仇恨迷失過，馮英因傷患迷失過，上本直宏因上一代恩怨迷失過，他們都是過來人，自然明白如何激發起一頭昏睡的猛獸。當下他立正，向他們致敬禮，然後九十度鞠躬。

楊濤最是搞怪，笑道：「別以為鞠躬就夠，今晚一頓飯，是你的！」

殷青藍附和着：「明晚輪到你弟的 U19 最後一席爭奪戰了。當作預先慶祝吧！」

兩兄弟相望一笑，心照不宣。「有信心爭贏嗎？易之朗不是泛泛之輩啊！」凌昭如道。

「明晚來觀戰？」凌少軍堅定地點一點頭，滿有信心，又道：「有你這個老大，做小的豈敢失禮！」

當晚，大夥兒飲飽食醉，放縱一個晚上，翌日便再投入訓練。「太平洋石油」五大天王的戰術磨合，「煜 TATOO」重新備戰下一輪賽事，而 U19 的最後一席，也將成為打擊「龍城集團」大老闆阮志成的第一步。

怎可讓他隻手遮天？中學和大專學界，以至港區青年隊、甲組職籃球隊都有他的魔爪伸延着，如果給他得逞，只會令球壇一隊獨大，如果聯盟季後賽由「騰龍」奪冠，便有資格代表港區出戰亞洲冠軍球會盃，繼而讓他有機會發展私人以賭為本的亞洲聯賽，這是絕不能容許的。借運動之名，玷污體育運動的真義，大錯特錯！

天漸亮，魚肚白，眾將既是對手又是好友，在杯盤狼藉間睡的睡、醉的醉，最後只剩兩人關於戰約的對話。「我們編為同一組，分組的冠軍不是你便是我了，期待你明天一戰能勝『大北者』。他們都不是易對付的。」上本直宏喝下最後一口啤酒。

殷青藍跟他碰杯，舉杯一飲，打了個嗝：「別以為你的『煜 TATOO』可以連勝兩場出線就好厲害！」

上本直宏起身離席，回頭冷道：「可是你們首仗先敗啊！前天才扳回一城，老實說，我也不想到了冠軍一戰的對手不是你啊！」

「兄弟，放心吧，你的對手永遠都是我！」殷青藍拿起酒瓶，對天發誓般定下戰約，道：「你好好操練，等我。」

關於等待，相信待得最久的一定是凌少軍。

他等待凌昭如重拾信心再戰籃壇，足足等了八年。昨晚的一場重生戰，是老大凌昭如的救贖，而今天晚上，是他個人的生死存亡關鍵一仗，晚上八時正，U19 青年大軍已齊集體育場館，換好球衣，做好熱身，等待主教練馮英和領隊殷青藍到來。

「青藍，恭喜你，下一場對手是我們。」馮英跟着青藍，走在球員通道上，往球場走去。他又道：「昨晚你跟上本的對話，我也聽見了。果然，今年的比賽輕鬆過關。」

殷青藍拖着頹累的腳步，微笑回應：「『大北者』的實力不弱，不過輸在最後一節，兩名主力犯滿離場。」又道：「算吧！眼前的事情更重要！易之朗的狀態大勇，阮志成投放在他身上的資源不比職業球員少。」

場館內，助教團正跟球員進行訓練，十三個精英青年軍在場上來回衝刺，揮汗如雨、面容扭曲，想不到短短訓練的首二十分鐘已叫他們送去半條人命似的。但他們忍耐着，堅持着，既入選最後大軍的名單，怎可鬆懈，就算今午剛奮戰完的郭子丹也不例外，沒有偷懶之餘，還繼續擔當隊友之榜樣，鞭策隊友。

「少軍，你行嗎？」郭子丹和林天行都關心着前輩關心的事。

凌少軍抹去汗水，堅定的點頭。這時，馮英喊停了訓練，正式開始球隊最後一席的選拔。

選拔分兩節進行。一是個人戰，二是團隊戰。

「個人戰」即一對一，以十一分為限，助教和隊員都可在「個人戰」後作第一輪投票。「團隊戰」即五打五，即場抽籤分隊，以二十一分為限來一場全場較量。及後再作第二輪投票。

整個投票制度已由 U19 總監殷耀榮和一眾委員通過，四名助教和十一位隊員有投票權。易之朗、凌少軍、馮英和殷青藍皆不可投票。

「個人戰」正式開始——由兩人以罰球方式決定誰先進攻。

「大塊頭！你的罰球不及我啊！」易之朗冷哼着，運球到三分線弧頂開始第一波攻勢。

凌少軍清楚知道易之朗的速度不亞於郭子丹，遠投的準繩度也不比歐陽山和林天行差，要守着這類球員只好格外留神，甚至孤注一擲——防他切入！

但！易之朗偏要向眼前這頭攔路虎的方向殺去！探步、後撤、來回 Crossover 運球，窺準了凌少軍的身體和腳位作防守轉向一刻，突然加速，突破左側，開步上籃！中！先領兩分。

「以勝者開球的方式進行，凌少軍好快會陷於下風！」林天行跟隊友在旁暗自討論。

歐陽山點頭贊同：「易之朗的腳步變化又快又密，凌少軍一味防他切入，好快會被易之朗打垮。」

說時遲那時快！易之朗又一記中遠跳投得手。4：0領先。

凌少軍一言不發，沉着應戰。「不可以亂，心亂則輸。」他忖道。

反觀意氣風發的易之朗看來胸有成竹，面對凌少軍的防守，他不但覺得自己游刃有餘，還認為自己正在玩弄着一個扯線木偶。

「我只要一個機會！」凌少軍在想，在緊守，在伺機。

「我不會給你任何機會！」易之朗變向，殺入，急停，佯裝跳投，卻是變速突入！又得兩分。

「其實，他這一招已經用了一次，只是今次換了方向。」觀戰的郭子丹跟身邊的殷青藍道：「凌少軍還未摸得通透。」

段青藍的心中也為凌少軍着急，他在賽前提點過易之朗的運球變化，希望凌少軍能有所提防，想不到在這場一對一的鬥牛中，易之朗在「騰龍」的訓練下竟有極大的進境。

「主動一點壓逼，多用身體的對抗性，別忘了你的優勢！」

哪來的一聲巨吼？

原來，場館的另一邊，來了一個巨人——凌昭如。

他的提點叫喊，忽地點醒了凌少軍，馮英嘴角輕揚，詭譎一笑，段青藍看在眼裏，便在他身後輕聲道：「馮教練，你都算是神機妙算了。賽事委員會規定我和你不可以在這場選戰上發聲，你呀……你卻找來外援。」

馮英回身，給段青藍一個得戚的眼神，道：「非常時期用非常手段。你懂的。反正凌昭如一定會來為親弟打氣呢！」

凌少軍聽見了提點，如得了致勝心法，猛然覺醒，大步逼前，利用身高體壯的力量優勢，主動壓制易之朗，令他忙着護球，收窄他的變向空間，叫他立時縛手縛腳。

是機會了！是機會了！易之朗想強行突破！

是機會了！是機會了！易之朗以為箭步飆前，搶了先機！

但一切都是「以為」而已。

凌少軍的壓逼打法奏效，步步追擊，看準了易之朗走籃躍升之際，從旁築起了高牆，兩手擒住他手上的籃球！易之朗登時給這一截擊嚇傻了眼，還看着凌少軍回身在籃下強力爆籃入樽，搶回兩分和發球權！

比賽從此變得不一樣，雙方拉成了均勢！

10：9，凌少軍領先。

易之朗集中精神緊守着，不讓凌少軍壓籃，不讓他 Spin Move，不讓他進入禁區射程範圍。

「料不到易之朗的力氣也不少啊！竟擋得住凌少軍的力量。」林天行評論着。郭子丹卻道：「那得視乎凌少軍的把握能力了。」

郭子丹的觀察沒錯！凌少軍根本不把易之朗的低位防守放在眼內，只是來到最後一球，心理緊張的關係，轉身左手小天勾用力過大，籃球在籃框滑出，給易之朗搶下籃板，馬上Fade Away跳投，避過了凌少軍飛來防守的手掌……中！

首輪「個人戰」，易之朗絕殺反擊成功——11：10。

隊友和助教們立即進行投票。

易之朗和凌少軍退在一旁，等待馮英點票的結果。

「你走運了，如果不是你大哥臨場提點，你早已輸了。」易之朗的口吻似乎是吃定了凌少軍似的。同時，首輪投票結果出來了——凌少軍得六票，易之朗得九票。

「次回合的團隊戰馬上展開！請各位即場抽籤。」馮英沒作多餘的短評，直接宣告次回合的比試開始。大家都手執一支短竹籤，籤的末端分別有紅色、黑色和白色，合共有四支黑籤、四支白籤、三支紅籤，凌少軍跟四個手持黑籤的隊友同隊，易之朗則與四個持白籤的隊友一起，抽中紅籤的三位不用出戰，只作觀眾，他們正是林天行、歐陽山和沈弓。

凌少軍和四位「黑籤隊友」組成的隊伍，馮英戲稱作「黑鷹隊」，相反，易之朗那一邊就喚作「白狼隊」，乍看雙方陣容，凌少軍再次落於下風，四位隊友除了郭子丹外，其他都是小前鋒和大前鋒，在位置上跟他重疊得頗厲害。而易之朗的隊友剛好齊集分衛、控衛、小前鋒、大前鋒、中鋒，司職位置分明，易於調動。「是狼殺鷹，還是鷹擒狼呢？」不用出戰的歐陽山也替凌少軍擔憂。

「黑鷹隊」成員：

1 大前鋒・凌少軍
2 控衛・郭子丹
3 大前鋒・雷健威
4 中鋒・張宏博
5 小前鋒・王允聰

「白狼隊」成員：

1 分衛・易之朗
2 控衛・狄志堅
3 小前鋒・唐哲龍
4 大前鋒・徐得志
5 中鋒・邵兵

比賽正式開始。凌少軍跟對方的中鋒——邵兵爭奪跳球，搶了先機把球一拍！張宏博的身形魁梧，如稻田上的大水牛，惜反應及不上First Step極快的狄志堅，被他搶截過去，快步壓過同樣以快聞名的郭子丹，直殺進禁區去！

易之朗見狄志堅單人匹馬闖關，回防的雷健威已封了他上籃的路，便在弱邊的三分線上大喊：「阿狄！」

狄志堅一記Cross Court快傳竟如鋒刀削紙，劃破防線，直傳予易之朗來一記快射三分球——中！

「看我如何用七個三分球打敗你！」易之朗用三隻手指造個OK手勢，指着自己的太陽穴，這動作是現時NBA球員用來慶祝投進三分球的手勢！

想不到比賽不到三十秒，凌少軍一方已落下風。不過他們有郭子丹領軍，勝負仍是未知之數。

郭子丹無懼防守着他的狄志堅，護球推進的同時，思索如何運用這個位置重疊的陣容，也考慮到要讓凌少軍有表現自己的機會。他心忖：「我方隊友全是內線的力量型球員，本應以大壓小，強攻禁區，如何令他們有足夠空間？邵兵和徐得志同時壓籃要球，凌少軍卻被擠到零度位三分線外。」

「這次是一個考驗，看看郭子丹的領軍功夫了。」殷青藍跟馮英道：「同一隊之中大前鋒和中鋒位置錯配、重疊，也不是沒解決方法的。」

馮英聽着，攤開右掌，擺出四隻手指，意指「Stretch 4」伸延四號位的戰術概念。身邊的凌昭如看在眼裏，也大力點頭同意，道：「凌少軍就是『Stretch 4』的最佳人選。」

凌昭如並不是誇讚親弟，事實上凌少軍的確有此條件，從小到大，由控衛到大前鋒的位置，他都擔當過，隨着身體發育和強化，最後發現大前鋒的位置最合適自己，所以他有控衛的身手和射術，也有內線球員強而有力的對抗性。但比賽當下，郭子丹能看出這一點嗎？

「健威，上高位接應。」郭子丹喊道。

雷健威馬上離開低位，讓出空間，也拉開了防守內線的徐得志……是這個機會了——凌少軍從底線 Back Door 切入——躍起——空接——入樽！

「Stretch 4」的變化也在於用盡球場空間，撕開內線防守，讓靈活度高的大前鋒內外皆可進攻，時而外投，時而殺入禁區，這次，郭子丹一聲令下，雷健威讓出低位，凌少軍在三分線上突然發難搶中，令防守他的唐哲龍在錯愕間失了位置，萬萬想不到凌少軍如匕首般刺進了心臟地帶。

場外的隊友和教練不禁為這記入樽喝采。郭子丹在球場上的操盤能力愈來愈成熟，簡單指令造出非凡效果。凌少軍也開始愈打愈順，他、雷健威和張宏博在進攻上雖然在同一位置，卻各有風格，凌少軍化身「Stretch 4」戰術的專家，雷健威是內線卡位的籃板高手，張宏博身高手長，手感柔順，中距離、小天勾是他的殺着，郭子丹心忖：「只要他們不停的無球走位和內外單擋，各自專注最擅長的進攻區域就可以了。」

16：14。易之朗的「白狼隊」稍稍領先。他看見場外計分板上的比數，心中盤算，尚有五分便贏，於是大聲喊話：「最後五分，是我的，你們都要配合我。」

此話一出，場上場下的隊友都感驚訝，不作回應。控球在手的狄志堅面對眼前的郭子丹，只在想一個問題：「如何在郭子丹的防守下找到最適當的隊友？」他舉起一個戰術手勢，在郭子丹面前變速切入，邵兵即時在籃底轉身，造成一幅石牆，替切線的唐哲龍單擋，狄志堅切入分球同時到位，給唐哲龍一記絕妙，投進一記弧度超美的「Long Two」。

「喂！你應該回馬槍給我！我投三分比唐哲龍投兩分更好！」易之朗回防的時候，怒目瞪着狄志堅。幸好「黑鷹隊」的郭子丹迅速推進，小前鋒王允聰已如疾箭衝向前場，根本懶得回應易之朗！

王允聰接應傳球，凌少軍為他在高位單擋，然後 Pick and Pop！當王允聰殺進禁區的時候，突然急停，後手傳出回馬槍，凌少軍接過傳球，果斷出手，在罰球線上投進一記中距離，多追回兩分——18：16！

「最後三分，一定要給我！」易之朗向狄志堅指着自己的胸口，也放話給另一射手唐哲龍，警告他不要跟他爭奪最後的絕殺機會。

狄、唐二人聽後沒什麼反應，徐得志和邵兵更是充耳不聞，配合狄志堅，運用前場單擋破開了郭子丹的防守，易之朗就在適當的位置，架好了炮台，心忖：「突破、切入，立即分球給我吧！我有空檔啊！我有空檔啊！」

可惜，狄志堅看準了邵兵在籃底已經搶了位置，傳出彈地球，豈料張宏博從後一撥破壞了傳球，唐哲龍快步爭奪，易之朗卻突然自左側搶至，硬生生地的從隊友的手上搶走籃球，二話不說投出一記絕殺三分球！

應聲入籃！21：16，勝出第二回合。

「喂！你幹麼搶我的球，我是你的隊友啊！」唐哲龍忿然搶道。

狄志堅和邵兵也上前理論着。易之朗卻給他們一副無賴表情，道：「最後是誰幹掉對手？別執著啦！我的三分威力如何？你們都瞧見的。一會兒記得投我一票，我才是替你們贏球的隊友呀！」

「好！兩個回合結束，大夥兒一起投票吧！」馮英聚集了球員，坐在球場中圈，各自投出心中一票。

一會兒後，殷青藍負責監票，助教們打開票箱，一張又一張的數着……

「凌少軍！落選不打緊的，下年再努力吧！」易之朗拍着他的肩，假裝安慰。凌少軍撥開易之朗的手，別過臉去，剛好跟大哥凌昭如對上一眼。凌昭如的眼神是如此堅定，給他豎起大拇指，滿有信心的，像說：「兄弟，我撐你！」

兩個回合相加出來的結果正式公佈，馮英接過殷青藍給他的結果：「第一回，凌少軍得六票，易之朗得九票；第二回合，凌少軍得十五票，易之朗得零票。合計後，凌少軍共得二十一票，易之朗得九票。U19菁英隊最後一席，是你！凌少軍！恭喜！」

馮英說「恭喜」的同時，只有易之朗瞪眼張口，其他人卻起立歡呼、擊掌、碰拳、叫囂，拉着凌少軍道賀。他萬萬也想不到自己連續輸了兩個回合，也能獲得隊友的票選，更驚喜於自己的表現，他心想：「我在兩個回合都沒有搶眼的表現啊！」

「混帳！不公平。」易之朗怒不可遏，一指橫掃眾人，向馮英大罵：「教練！兩個回合都是我贏，怎會不是我？」

眾人都沉靜下來，目光都投到馮英和殷青藍身上，等待答案。

殷青藍從容不逼，跟馮英交換眼色，指着自己。馮英點頭，殷青藍開腔：「由我先回應吧！」眾將立時筆直站立，像等待訓示的士兵，只有易之朗擺着一副挑釁的態度。殷青藍不以為意，簡單一句：「贏了兩個回合，也不一定獲選啊！我們的規則是由隊友和助教們投票，不論贏輸。」又道：「況且，你是贏了球賽，輸了球隊，輸了隊友。」

「什麼？別懶高深！我的得分是最高的，我的表現比他搶眼。」易之朗怒指凌少軍，壓根兒深深不忿。

馮英上前半步，接着道：「絕不高深！球隊是整體的，不是個人的。這道理顯淺不過，所有隊友都懂，所以投票時，決定不選你。不如你聽聽他們的意見。」

馮英讓球員提出個人的看法，第一個搶先發表的正是唐哲龍。他道：「你根本不尊重隊友。以前的你，是好對手，好隊友，現在的你，不可一世。」

「你懷恨在心，怪我搶你的絕殺球！」易之朗不服氣。

狄志堅接着搶道：「你只顧着表現自己，完全忘了全隊互相配合，相反，凌少軍雖然跟我們敵對，但我們都看得出，他一直都在觀察隊友的走位，聽從郭子丹的指示，沒有爭搶，沒有貪功。」

「對啊！他拼籃板球，做好防守，雖然他只得六分，但他搶了七個籃板，送出三次助攻。你呢？」負責記錄的助教朗聲道。易之朗悶哼着，一言不發，別過臉去。

主教練馮英示意眾人安靜，續道：「我們有現場錄影，方便我們向賽事委員會解說這次的選拔結果，我個人不介意給你錄製一張DVD，給你覺得需要反省的時候播放來看，好好審視一下。」他指着凌少軍，嘉許道：「少軍最擅長的，除了個人能力，就是配合隊友，他可以為了球隊不計付出，既可以是角色球員，也可以擔當主力，而最重要的是，他不自私！」

最後，易之朗憤然離開！隊友各自解散，馮英、殷青藍等人也離開場館，唯一仍然留下的，就是那兩兄弟——凌昭如、凌少軍。

「哥，多謝你來看我。」

「別傻，我來是打算安慰你的。怎料你會入選呢？哈哈……」

「我打得不好嗎？」

「唔……跟我的巔峰時期還差很遠！」

「但你現在重登巔峰啊！」

「未算！不然你試試看？」

「現在？」

「現在！你怕？」

「怕你會輸！」

「來吧！你的籃底轉身仍欠力量，變化不多。」

「請指教！」

「來吧！」

2 英雄內戰

賽前

所謂懸念，跟想像、預期和未知有關，綜觀今季甲組職業聯賽，有幾支球隊的對戰會令球迷滿有懸念，未到最後一刻，亦不敢魯莽定論誰勝誰負，這幾支球隊都是實力相若，猛將如雲的榜首四強，然而到了季後賽，一切都要另作別論，因為能夠打進最後八強的，都不是普通對手，甚至曾經上演過不少「老八傳奇」，最後成功闖關登頂。以今季而言，「騰龍」、「煜TATOO」已順利打敗對手，提早進入分組冠軍戰。相反，A組的「赤田神箭」和「力生啤酒」，B組的「太平洋石油」和「大北者」都以一比一打成平手，出線權尚有懸念。

以三分雨震驚聯盟的「赤田神箭」在決勝一戰的最後3.3秒，才以三分之微射穿

「力生啤酒」的心臟，將於四天後正式跟「騰龍」開打第一場A組決賽。這是本季其中一輪令人萬分期待的對決，在常規賽階段，「騰龍」少有敗陣，偏偏曾打敗過他的就是「赤田神箭」，如今在季後賽重遇，未開賽已經先開賭，阮志成的外圍賭波公司已經開工了。

「想不到最後3.3秒以一記三分球反超、絕殺！勁！」郭子丹在球館的更衣室洗澡，他們剛打敗了「大北者」，殺進B組決賽。同樣是四天後開始三場兩勝的B組冠軍戰，對手是……宿敵——「煜TATOO」。

回顧剛才一役，絕無懸念，「太平洋石油」眾將齊攻，五大天王得分皆上雙位數，去到第四節早段，殷耀榮已收起了殷青藍和楊濤，李琪和郭子丹輪流上陣，領着隊友談笑用兵，最後以110：85扳下「大北者」。三分神射手李琪道：「上本直宏、馮英都是MVP級別的殺手，這仗很難打。」

「別忘記還有凌昭如。他是X-Factor。」楊濤提醒隊友，對方正有一頭冬眠後甦醒過來的史前巨獸，他在籃底的破壞力屬於史詩級別。

「別忘記還有另一個隱藏起的MVP——名越川。」段青藍忽然提出一個久違了的星級名字。黃庭軒乍聽之下，眉頭輕鎖，記得曾經在海外的國際賽上碰過這號人物，他使勁地點一下頭，肯定地道：「他的確很強很強！是MVP中的MVP。不過他在開季的時候受了重傷，已經報銷了。」

「不！聞說他幾星期前已經上陣練習了。但不知道是否選入了季後賽的大軍之中。」這時，球隊營運總監王立一跟教練殷耀榮一起走進更衣室，眾人立時安靜下來。

王立一輕敲着鍍上電光藍的鐵製儲物櫃，環顧眾將，坐的站的，都集中精神聽他續道：「今季之初，『煜TATOO』引用聯盟在常規賽的特例條款，調進了老將馮英來代替名越川。但到了季後賽，特例指明，每隊只可派十二位球員出戰，換句話說，在使用特例的情況下，即使名越川康復，也不可再在常規賽出戰，但到了季後賽則作別論，『煜TATOO』大軍共十八人，除名越川外，其他十七人在常規賽中可以不斷輪換，但到了季後賽，名越川可重新被選進十二人名單之中。」（關於名越川傷出，引進馮英的故事，可閱《爆籃．王者逆戰》）

「那麼……名越川就一定是他們的終極武器了。很有野心的鋪排呢！」楊濤率先洞察了，其他隊友紛紛點頭同意。「三分王」李琪接着道：「當初推薦馮英加入『煜TATOO』的是我們，如今要面對馮英搭配凌昭如、上本直宏，還有這個名越什麼的MVP，也是我們。哈哈……」

李琪的笑聲代表着什麼？

隊友都清楚知道，那不是擔憂，也不是抱怨，而是面對命運安排下的一種期待，既然有這樣的安排，也就勇敢地回應吧！總教練殷耀榮站在兒子殷青藍身邊，搭住他的肩，又看看麾下眾猛將，道：「青藍，你的宿敵來了。如何？」

殷青藍霍地站起來，伸出右手，招聚隊友，朗聲道：「誰怕誰？誰都不怕！」

1：1 平手之後

曾聽說過，最了解自己的敵人，最終會成為知己朋友，這就是所謂的「知己・宿敵論」。以這種狀況來形容殷青藍和上本直宏的關係最適合不過，畢竟在人的一生之中，能找到跟自己匹敵的對手不多，尤其是那一種「既生瑜，何生亮」的宿命感，在每一次對戰前後，誰是瑜誰是亮？未到最後一刻也難以分辨。有時候，在聯盟的常規賽之中碰面，有輸也有贏，這兩個命中注定以鬥為樂的好戰男人，必定全力以赴。正好像今天一樣，來到季後賽的分組決賽最後一場，「煜TATOO」硬撼「太平洋石油」，爭奪分組冠軍，然後迎戰對面A組，以連勝兩場的姿態殺進總冠軍賽的「騰龍」。

「這是分組賽事中最扣人心弦的系列對碰了。以三場兩勝制而言，兩隊各勝一場，無獨有偶的是這兩隊的往績不但平手，在這個系列賽的首場，『煜TATOO』加時險勝『太平洋石油』四分，但在第二場比賽，『太平洋石油』也在加時賽中以三分扳回一局。」著名旁述——「通天眼」顏爺在兩隊熱身環節時，跟現場球迷仔細分析，在他身旁擔任副手的是年輕球評家邱家豪。顏爺沒理會身旁的新拍檔，只顧着分析：「今天一戰，兩隊都非勝不可了，誰能奪得分組冠軍，便可以挑戰好整以暇的『騰龍』，大家可以循着旁述室左手面望去，八個『騰龍』的教練團助理正在架設拍攝器材，該是想拍下比賽回去好好分析。」

「顏爺，我想提一提球迷，這場比賽有一個足以影響大局的球員，他正在場上熱身，看來他可以上陣作賽了。」青年球評家訝異的道：「一直只聞樓梯響，想不到原來是真的，前兩場比賽，名越川也沒露過面呢！未知今天一戰，他會否上陣？」

名越川！日本國家隊兼聯賽 MVP 的重量級球員，季前受傷，宣佈可能整個賽季報銷，以特定條款買入馮英代替出戰常規賽，然後在這幾個月以來，低調地復健、特訓，隱藏一切消息，彷彿人間蒸發一樣，為的，就只為了來到季後賽的這一步。「我為了復健，沒人知道我所付出的有多艱辛，別以為只有馮英，只有凌昭如才叫熱血回歸，我——名越川也是一步一地獄，從最痛苦的手術，最刻苦的秘密特訓，慢慢走回來，這段期間，每一下走籃、每一記投球、每一組器械訓練，都是我用血汗換回來的。」名越川心忖着，感受着，場館內幾千球迷能看見他再次接應隊友的傳送，用力一躍，單手入樽，換來了全館球迷的掌聲，對了，以小試牛刀的態度，謹慎看待賽前熱身，好讓自己尋回感覺，當「感覺對了」的時候，就是「可以作戰」的時候。

場館外，牛毛細雨正下着，球迷都撐起了傘，慢慢等待進場，這一場分組冠軍賽是他們期待已久的，猶記得近三年的季後賽，兩隊都欠緣分，沒被編進同一分組，今季卻不同了，不但被編進同一組，還鬥到最後一仗，媒體譽之為總冠軍系列賽前，最令人引頸以待的一場賽事。

這一場雨的規模不大，雨粉綿綿密密，隨風向飄散，翻起陣陣涼意。這股涼寒之氣，隨之滲進場館，自「煜TATOO」那邊傳來，漸漸逼近，一個又酷又帥的型男，挾着寒冰氣息，站在殷青藍的身後。

「別裝酷，也別耍帥，可以嗎？我可不是你的女粉絲呀！兄弟！」殷青藍清楚感受到站在身後的人是誰，他回身，跟這裝酷的型男——上本直宏傲然對望，續道：「本來上一仗可以打敗你，可惜最後一分鐘被你和馮英的三分球反超。不過今日，我不會再給你任何領先的機會了。還有，我真的不想再看着你那副裝帥的表情，早點輸掉，早點回家，跟着過兩天看電視直播，看我如何屠宰阮志成的『騰龍』。」

上本直宏立時收起了裝酷的臉容，伸出右拳，以一個「兄弟心照」的微笑跟殷青藍碰拳：「不論孰勝孰敗，都要替兄弟幹下去，我們目標一致，殺敗阮志成，趕他離開我們的聯賽。」又道：「比賽完後，大夥兒吃宵夜！」

「只怕你輸了沒胃口！哈哈哈……」殷青藍笑道。

「只怕你輸了沒心情才是！」上本直宏回他一句，兩人再次擊掌，各自步進球場，各自就位。

上半場內戰

「太平洋石油」首發正選陣容：

中鋒：何偉華；大前鋒：楊濤；小前鋒：殷青藍；得分後衛：黃庭軒；控衛：郭子丹。三分神射手李琪暫作後備。

「煜 TATOO」首發正選陣容：

中鋒：夏木一雄；大前鋒：市川信明；小前鋒：上本直宏；得分後衛：元兆華；控衛：馮英。浴火重生的凌昭如和神秘殺手名越川坐在後備席。

決戰開始！

夏木一雄跟何偉華爭奪跳球，二人同一時間爭拍，把球拍到「煜TATOO」的後場，分衛元兆華撿到了，立即傳予馮英，「太平洋石油」新晉天王控衛郭子丹已封在面前擋住去路。這——是師徒之間的正式對決！

回顧前兩仗，兩人被派上陣的安排都不一樣，能夠正面對上的時間不多，未算得上是真正的師徒對決。「我等好久了，師傅！」郭子丹力逼着馮英，似乎完全掌握着馮英的運球慣性。「我觀察你的比賽錄影不下數十次，真的是做足功課。這是前輩們教導我的，尊重對手，就要了解對手。」

具潛質又肯勤力的球員必有所成。郭子丹的緊逼防守看來是成功的，馮英是典型的雙能衞，既能控球指揮大局，亦有自我取分的進攻手段，且他慣用右手，每次突破時都習慣從右面突進一步，再 Crossover 切換左手轉向殺入中路，只要封他的右切第一步，便會窒礙他的起動，若他這招被破，就要變招，有可能是借隊友的高位單擋，也有可能是急停叫陣，指揮戰術。

「青出於藍啊！守得好！」馮英不禁為郭子丹的防守喝采，手底下卻絕不輕忽，護球同時尋找隊友的空位。對！郭子丹猜對了！是夏木一雄的高位單擋。

但！經驗老手就是經驗老手，高位單擋在三分線弧頂，夏木一雄身後的防守球員是「101」何偉華，馮英所尋找的，就是這兩條巨柱一前一後交疊間的一線空隙，儘管郭子丹逼得極緊，馮英假意利用夏木一雄的單擋，運球左切，卻突然變速變向從兩個巨人中間殺入，以單擋為幕，突然中切為實，郭子丹被硬生生擋在夏木一雄的身後，只能眼睜睜看着馮英在罰球線上一記騎射式高拋球，穿針入網得兩分。

「這場比賽簡直就是英雄內戰。」旁述「通天眼」顏爺一語道破了這幫英雄的終極想法。眾所皆知，兩隊的主力私下都是好朋友，是當今籃壇的英雄豪傑，是殺敗公敵「騰龍」的最強戰士，他們都立了一個戰約，盡全力爭勝，最後不管誰勝誰負，也要為對方多出一分力，趕走阮志成在本地職聯建立的惡勢力。

「太平洋石油」的楊濤、殷青藍、李琪、黃庭軒、郭子丹，「煜TATOO」的上本直宏、馮英、凌昭如、名越川，單看名字，已是本地球壇的最強集結了。兩隊的第一節，只是開始了五分鐘，已打成平手16：16。場上除了師徒之戰，還有兄弟之戰、宿敵之戰，殷青藍面對着眼前的上本直宏，等同跟自己對戰一樣，兩人的進攻風格和打法極其相似，然而知己知彼，不等於百戰百勝，殷青藍連續兩次投籃，都被上本直宏的防守所干擾，來到第三次主攻，上本直宏仍貼身追逼着，當楊濤轉向回傳，殷青藍在外線接應，意會到楊濤的打算——拉開禁區空間，讓守他的市川信明跟着走，那就是——讓殷青藍放空殺入的最佳時候。

「想切入？別想！」上本直宏了解到，若給殷青藍起動、着火，往後的一切防守會變得極難，忖道：「不可讓他 On Fire，否則會被他打爆！」

然而，你跟一頭草原上的豹喊停？他的變速比聲音更快，怎叫得住？更何況在球場上，殷青藍的變速突破是聯盟之首，上本直宏雖也不慢，卻慢在思考之上：他是轉向變速？還是直線硬闖？

是——直線硬闖！

二段變速，切入，急停，再加速！

上本直宏料到了，也稍慢了半步，殷青藍已在草原上躍動、遽升，飛行式入樽！

回首賽前，主教練和楊濤都提出過：「第一節是青藍的。」這不是什麼度身訂造的戰術，而是全隊上下都同意，要讓殷青藍盡快 Hot Hands，楊濤道：「最近幾仗，青藍都比較慢熱，如果盡快令他的手感愈火辣，我們的『黑鷹八線』戰術便愈容易執行。」

「黑鷹天王」黃庭軒也點頭同意，搭着殷青藍的肩頭道：「兄弟，第一節是你的，不管你投進與否，我們都鼓勵你進攻，傳送給你進攻，你要給我們打先鋒！」

於是，第一節最後三分鐘，「太平洋石油」以二十分領先「煜TATOO」的十六分，殷青藍為球隊獨取十二分。「上本，還以顏色吧！」馮英控球上前，跟上本直宏喊話，同時突破切入，力壓郭子丹，急停，後手運球變向，給郭子丹一個假信息——殺入中路！

錯了！由夏木一雄上前單擋、馮英變向突破、市川信明低位壓住楊濤，一切都是虛招，馮英的劇本其實是上本直宏弱邊Back Door突破——馮英在外圍傳出一記高拋——上本直宏甩開殷青藍，人如火箭升空，空接一記「拆你屋」，單手猛力鋤樽！成就了全場第一個「精彩回顧」的畫面。

「別放鬆，還得追！」馮英提示着場上的隊友，一邊回到後場指揮二三聯防，一邊防着人若子彈的郭子丹，慎防他的高速突破。若論速度，郭子丹的突破不亞於殷青藍，故馮英知道自己不能單憑體力，還需要更多的經驗判斷，想道：「子彈很快，但缺少青藍的二段和三段變速，也欠了點觀察防守的經驗，只要逼緊一點，他便只懂顧着眼前，無法顧及團隊。」

馮英乘郭子丹運球上了前場之際，突然主動逼上去，死纏爛打得如同一頭餓極的野狼，圍着敵人左撲右噬。「別上他的當！快到二十四秒進攻時限了！」黃庭軒大喊提場，殷青藍在左邊，傳不出去，黃庭軒在右邊，傳不出去，楊濤呢？救星到了，高位接應，市川信明已守在身後，楊濤便一轉身，正面開步，步大力雄的壓進籃式禁區，以排球的大鎚手的殺球姿態，轟爛籃架，外加一聲怒吼！

22：18，「太平洋石油」領先。接下來的兩分鐘，仍是殷青藍採取的先鋒攻勢，跟上本直宏的拚命防守，演出扣人心弦。殷青藍再次中距離跳投命中，上本直宏則用一記長程三分炮回應。

「師傅，你的傳球視野，我仍得好好學習。」郭子丹料不到馮英連續兩記彈地妙傳，一記傳給上本直宏投出三分遠射，另一記則是夏木一雄力壓楊濤和何偉華，從人縫中接過馮英的 No Look Pass，籃底建功得兩分。「楊濤，居中轉向弱邊，我 OK 啊！」這時，黃庭軒輕拍楊濤的屁股一下，輕聲提出第一條「黑鷹八線」的戰術。

楊濤心中有數，第一節最後一分鐘，是時候讓對手陷入苦戰了。他大力地拍一下手，舉起一個戰略手勢，郭子丹看見了，殷青藍看見了，何偉華看見了，大家都一起意會了，進攻點遷移，黑鷹八線多點開花……

第一點，仍在殷青藍身上綻開，郭子丹借何偉華的單擋，甩開了馮英，殷青藍站在弱邊，乘上本直宏不覺，突然切線到對角零度位，郭子丹先把球傳到黃庭軒的手上，再由黃庭軒突破闖入禁區，送出一下回馬槍，讓殷青藍接應，來一個高難度的 Fade Away Long Two，上本直宏躍起封阻已然無用，應聲穿針，球擦進籃網時清脆乾淨。

第二點，黃庭軒投進兩個三分球，在二十秒內發生！楊濤居中接應，郭子丹中線切入成了幌子，黃庭軒待郭子丹切線後同時起動，跑向楊濤，在他手上接過來球，拔蔥式直線起跳，投進了三分球！及後，馮英想來個 Early Offsense，竟料不到殷青藍和楊濤突然逼前，來個二人的小型區域緊逼，逼甩了馮英手上的球，傳給炮台已定的黃庭軒，命中！

第三點，楊濤單人匹馬，封鎖了市川信明第二球跳射，然後撿起籃板球往前場狂奔，途中撞開了上本直宏，破開了馮英，由東岸到西岸（Coast to Coast）上籃得分。

短短的兩分鐘，「太平洋石油」打了一段10：0的小高潮。「還以為第一節是你的私人時間，原來是點點開花大爆發。」上本直宏並未為球隊落後十多分而沮喪，且還跟殷青藍開玩笑。殷青藍指着自己，自信心爆棚地說：「我的個人得分大爆發未開始，你當心了。」

「第二節是我的。你也要小心啊！」上本直宏的攻力未盡發揮，這一點是可以肯定的，既然他提出「第二節是我的」，那便要認真看待了。

來到第二節，兩隊都換了人，郭子丹休息，李琪入替，夥拍殷青藍和黃庭軒，組成一支火力極猛的三人步槍隊，搭配楊濤和何偉華上陣。而「煜TATOO」換出了市川信明，由凌昭如擔任正中鋒，夏木一雄轉打大前鋒，同時，一直傳聞會在今場復出的超級球星名越川亦步進了球場，球迷們的歡呼聲登時響徹天際，震撼全場！縱觀場上，MVP級數的球員有馮英、黃庭軒、上本直宏、楊濤和殷青藍，如今多加一個MVP

中的MVP，不叫人興奮才怪！而這個換人操作就連「通天眼」顏爺都猜不透，他道：「想不到池田加佑教練有此操作啊！我本以為他會留用名越川，到時對上『騰龍』才派他上陣。難道池田教練想速戰速決？」另一旁述附和着：「速戰速決？想是這樣想吧！能否做到就是懸念了，別忘了對手是誰？」

要來的始終要來。名越川踏上球場的一刻，內心雀躍的叫囂，不下於球迷的歡呼，等了這麼多時日，就是要嚐嚐能再次比賽的滋味，且在這支球隊裏，跟他有相同遭遇的兄弟至少有兩個，馮英和凌昭如，兩位最強老將站在他身邊，彷佛成了最穩妥的後盾。「能再次上場，感覺很好吧！」他問凌昭如。

「一定很好！今仗很難打，但盡情享受就好。」凌昭如伸展着身體，做好迎戰的準備，對手已經控球上前了。

變陣！半場人盯人。

隨着馮英一喝，眾將鎖定了對手，一對一緊緊死盯着。

第二節是屬於上本直宏的。殷青藍控球過了半場，已感到上本直宏的野獸本色，盯住殷青藍的眼神中，釋放一種原始獸性，防守的力度明顯比第一節提升了。他忖道：「名越川選擇防守李琪，是怕我的突破分球和李琪的無球走位，而守住黃庭軒的是元兆華，那是防守弱點……」

想及此處，殷青藍借了何偉華在四十五度三分線上的單擋，擺脫上本直宏的死纏，一記彈地傳球，黃庭軒順勢接應，立即佯作跳射，引得元兆華躍起封阻，露出一條殺進禁區的直路——黃庭軒箭步疾衝，飛身入樽——

「你休想！」一襲巨大的身影橫空出現，舉起一隻巨掌築起堅硬的鋼牆，不但擋住了黃庭軒的入樽，還一巴掌似的把球拍向三分線外，上本直宏見機不可失，立時疾飆上前，拾起這個Loose Ball單刀直入，一記快攻搶回兩分。

「我……我的入樽被……被封了？」黃庭軒面露一個難以置信的表情，身後的凌昭如卻遙望看台上的親弟凌少軍，跟他來個勝利手勢，似道：「大哥不會令你失望的！等着瞧吧！」又忖道：「我已不是什麼天王球星，我什麼都不是，當下的我只要戒驕戒躁，幫球隊踏踏實實地贏球就是了。」

從這一記封阻開始，上本直宏和隊友們不約而同泛起了微笑，「安一萬個心喇！我們的內線加裝了一台人形裝甲，鎖守禁區。」池田加佑身旁的助教興奮得握緊拳頭，數據分析員宋華康更直指着場上的凌昭如，大喊：「驚怖大將軍回來了！」

如果第二節的進攻點是上本直宏，那麼第二節的藍領霸主則非凌昭如莫屬。旁述道：「在進攻上，上本直宏有名越川作掩護，籃板球、封阻、搶斷，又有凌昭如關照，所以比賽來到中段，上本直宏已經獨取了十六分，連同第一節的七分，未到半場已經殺下二十三分來，相信整場比賽如無意外，上本直宏至少都搶到四十分。」

只見馮英傳球予元兆華後，便舉手指揮內線的交通，懂籃球的人都看得見，「煜TATOO」改變了策略，這是總教頭池田加佑跟馮英立過的契約，如果凌昭如的表現得到教練團的肯定，馮英作為場上主控，可自行調控戰略變動，當然，池田加佑絕對相信馮英，相信上本直宏和名越川，在他眼中，這三個人加上內線的凌大將軍，該是球隊的新型攻擊組合，對付阮志成的「騰龍」該沒問題了！

「轉向！內線！」馮英大喊一聲，指示上本直宏直傳籃底，讓凌昭如壓籃，「太平洋石油」的中鋒好歹也是中華台北的代表，身高和力量亦屬一等級別，可惜眼前的凌昭如，橫練壯碩的肩膀，穩健的下盤功夫，以及最寶貴的戰場經驗，一早卡好了位，上本直宏佯裝殺入中路，逼使殷青藍無暇細顧，楊濤和黃庭軒亦礙於上本直宏的突破分球，不敢鬆懈放棄名越川不守，於是「101」何偉華成了凌昭如的活祭品，他的內線攻堅、成名絕技「Spin Move Dunk」——接球，壓肩，拍球、旋身，直把對手甩在身後，雙臂堅實如鎧甲，擋格防守者的封阻，強勁入樽，聲若驚雷！

「一防、一攻，夠了！足夠令對手多一重顧慮，上本可以更放心狂攻！」這是馮英親手編撰的劇本，先讓名越川和凌昭如攻防得力，令殷青藍、楊濤和李琪不敢協防，然後帶動球隊走位配合，讓上本直宏的每一次得分，都是從強邊轉向弱邊，由弱邊殺進去！而自己、元兆華和名越川隨時接應上本直宏的回馬槍、突球分球，再從外線開火，鋪出一張狙擊槍陣的火網，全面覆蓋着「太平洋石油」。

又來了！凌昭如搶下了元兆華投失的進攻籃板，毫不貪功的傳去弱邊的上本直宏，再由他發動攻勢，左手劏籃力壓殷青藍躍起Tear Drop放籃得分兼得罰球！

「吡——！暫停，『太平洋石油』要求暫停。殷青藍身滿三犯。」球證朗聲道。

第二節最後兩分鐘，「煜TATOO」首度反超——62：61。這一節完全展現出甲組職聯中，除了班霸「太平洋石油」、聯賽榜首「騰龍」外，最具有王者風采的就是這支來自日本的「煜TATOO」了。在第一節的末段，名越川已取得九分，在李琪面前投進的，是三個三分球，凌昭如得六分、三個進攻籃板、四個防守籃板、三個蓋火鍋式封阻。

「近年都少見到一些賽事，在未完的第一節，兩隊已取得60+，會是因為兩支球隊的戰略在於鬥進攻嗎？」新晉旁述邱家豪正選播一些精華片段，在現場大屏幕重播。

「通天眼」顏爺搖頭一笑：「兩隊的攻力不容置疑，但得分多非關鬥攻，而是含金度極高的命中率。雙方的防守都是頂級而拚命的，完全沒打算讓對手有一絲半分空間，但他們在高度追逼下仍能出手命中，這非一般高手能辦到，心態、狀態缺一不可，除了日常的勤奮訓練，還得講大賽經驗。」

旁述論戰的同時，第二節再度展開，然而場上少了楊濤和殷青藍，也少了上本直宏。身陷犯規危機的殷青藍被換出，由郭子丹入替，沉靜了一段時間的楊濤也被換出，由後備中鋒頂上。至於上本直宏，既然對手收起了獨取二十二分的皇牌，自然也要收起己隊的皇牌。

這兩分鐘，場上動靜一般，得分仍你來我往，名越川和黃庭軒在鬥搶分，李琪和郭子丹卻靜得很。最後，由凌昭如一記強力入樽作結——名越川晃左切右，急停來一記遠投，中後框彈出，黃庭軒搶回籃板，一個人運球、一個人快攻，距離完場尚餘十秒，再次超前「煜TATOO」兩分。馮英接應底線球，十秒……九秒……八秒……七秒……郭子丹守得極緊，封了他一邊的傳球路線，逼他選擇左邊的元兆華，五秒……名越川在前，黃庭軒卻緊貼在後，四秒……凌昭如突切中路伸手要球，「101」何偉華腳步稍慢，是好時機了！三秒……凌昭如在三分線弧頂接球轉身……兩秒……一佯一切跨步直攻——一秒……拉桿、風車式灌籃！

68：66，「煜TATOO」領先。下半場於十五分鐘後重拉戰幔！

3 絕殺時機再現

沉默的殺手

「青藍，第三節下半段才上陣吧！」總教練殷耀榮提着戰術板，在更衣室內跟隊友重整戰術。殷青藍同意父親的安排，點頭回應的同時，用手肘輕碰了李琪一下，道：「喂！名越川很難應付嗎？整個上半場你都很靜啊！」

「我真的比較沉寂，是什麼原因嗎？」李琪的腦海裏只有幾個畫面和一句說話：「你以三分球聞名嗎？那我就用三分球來打敗你。」伴隨這句話之後，就是連串的外線轟炸。「這就是日本職業聯盟四屆最有價值球員的實力嗎？我和他好像相距極遠，這種感覺從未有過，就算是『騰龍』的古方，也未能讓我感受到真正的威脅，名越川啊名越川，你真是如此人神莫犯嗎？」

李琪垂下頭，苦思着這個沒有答案的問題，不！不是沒有答案，而是徹頭徹尾都不需要答案。關於這一點，隊中上下只有兩人，有足夠資格跟他分享心得。其中一個是「黑鷹天王」黃庭軒，另一個就是「暴龍天王」楊濤，這兩人在海外征戰多年，見盡無數高手，名越川只是其中一個比較耀眼罷了。

「不用多想，多想無用，名越川絕對是你未曾在港區聯賽面對過的超星級戰將。投降吧！你守不住他的，他在進攻端上吃定你了。而且，無論你怎樣進攻，都逃不出他的防守。認命吧！他已是你的心魔，魔掌難逃了，坐在板櫈上觀戰吧！」楊濤主動坐到身旁，極其認真，語重心長地放盡負能量，叫李琪的頭垂得低無可低。

然而，低頭非因失落，也非失去自信，傳奇巨星 Kobe Bryant 也曾說過，低頭不等如認輸，低頭是讓你看清楚自己。此刻，李琪低着頭，只是發自己的脾氣，怪自己不爭氣，不過他可沒想到「紅頭怪」楊濤竟不留情面地揶揄他，即使安慰說話不必說，但也不用冷嘲熱諷吧！

豈料，繼楊濤之後，黃庭軒也蹲在李琪面前，兩手搭在他的雙肩，繼續在傷口上灑鹽，他歎一口氣道：「琪，楊濤說得對，下半場就算吧！這次對戰不同季初，那時候的名越川未肯出盡全力認真比賽，所以你未能感受到他的可怕，但今次不同啊，他餓了一整季，而且目標清晰，若不打敗我們，又怎再進一步殺龍？」他又搖了搖李琪，笑着續道：「你注定當他的食物喇，為保面子，我建議你退場。說真的，教練安排你來守他，真是錯配，該由我來守才是上策，不過沒有還好喇，至少沒叫我們為你補位。」

「說夠沒有？說完的話，請走開！」李琪沉吟着，像被埋在泥裏強行發聲，不大清晰：「沒完沒了的，到底說完了沒有？說夠了就收聲吧！」

這時楊濤見時機成熟了，便拍拍李琪的肩頭，黃庭軒又搖搖他的身軀，在又拍又搖之間，二人都瞥見一爐將熄未熄的炭火，在狂風猛吹之下，蘊藏着的火舌正蠢蠢欲動，嘗試重燃。「放點燃料進去吧！未夠旺啊！」楊濤的鬼主意又來，他跟黃庭軒一唱一和：「上陣了，你休息一下，別失望，我會跟教練提出由黃庭軒對付名越川的。放心，交給我們吧！」

「夠了！你倆滾開！誰要你來代我！」

李琪猛地撥開黃庭軒的手，怒目瞪着楊濤，挺起胸膛，昂首傲立，然後兩句粗話大罵楊、黃二人，他指着球場中央，大喝：**「名越川是名越川，我是我，他不是我的心魔，你兩個混帳給我收聲！」**

第三節開始。

殷青藍坐在板櫈席上最前端，跟上陣的隊友逐一擊掌，楊濤昂首挺胸走到最前，隨後的是黃庭軒、郭子丹和後備中鋒麥昆・麥哥林，最後一位——李琪。

「着火了？」殷青藍拉住李琪的手，笑道：「激將法真有用，哈……」李琪豎起拇指，指着自己，留下一句：「難對付，不等如對付不了。看我的！」

戰幔再度拉開，郭子丹控球前進，放眼一看，對手「煋TATOO」佈下三二聯防，內線由市川信明搭配凌昭如，外線由馮英、元兆華和名越川連線。「李琪，切線過底！楊濤，Pick and Pop！」郭子丹指揮着「黑鷹八線」第五號戰術，利用強邊單擋，弱邊切線，製造內線亂中有序的走位路線圖。楊濤知道身後防守他的不是凌昭如，於是更主動單擋和接應，面對市川信明，硬闖才是硬道理！不過他起動強攻的同時，他看見李琪在對面的三分線上架好姿勢，等候接應和發射——「好！就送一個給你！」

楊濤力壓市川信明，殺入剷籃突破分球，名越川千算萬算，也不會想到楊濤夠膽使出Cross Court Pass，讓李琪在名越川面前快速起手，投進一記弧道極漂亮的三分球，正式向眼前的強人宣戰。

「他們的『黑鷹八線』不一定由『黑鷹天王』黃庭軒執行的，別只集中在黃庭軒身上。」馮英提示隊友，也提示着久未上陣的名越川。

球賽最吸引人的地方，就是變數！眼前的對手不論強弱，只要你輕敵，一不小心就會被打敗、被吃掉，尤其當你的對手特別好戰、特別着火的時候，你必須提高警覺。沉寂了兩節的李琪，來到下半場的一分鐘內，忽然進入「不清醒狀態」，只要給他傳球，他便投中！

名越川愈來愈欣賞他，想道：「他的火力真猛！」喊道：「Box，如何？」

馮英大聲回應：「去吧！Box！」心忖：「就讓名越川跟李琪正面交鋒吧！」

當下，「煜TATOO」的防守由三二聯防轉為Box，由名越川緊盯李琪，其他四人守住禁區四角，形成盒子陣式，不讓對方輕易殺入禁區，或以Post Up打法壓籃，更防止黃庭軒和楊濤等猛將切入突球分球，減少李琪跑轟接應的機會。「名越川會把你守得死死的！」這話忽然在李琪腦際彈出來，名越川亦真的守得極貼身，封鎖了李琪神準的右手。

「好好用用隊友吧！」楊濤跟李琪使個眼色，立時上前單擋，但隊友從後方提場，好讓名越川繼續緊纏。豈料李琪和楊濤的單擋只是幌子，李琪突然加速切入，闖進Box內引馮英前來協防，形成後有名越川，前有馮英的窮巷……不！是李琪切入分球，是他改變角色，由空位跑轟接應隊友切入分球，變成主動切入突破，讓隊友跑轟Catch and Shoot！

黃庭軒接過李琪傳球，底線三分球命中！

楊濤接過李琪的回馬槍，中距離跳投又中！

郭子丹接過李琪的Cross Court Pass，加速殺入中路，力頂住凌昭如Lay Up得兩分。

「誰說我的進攻只有三分投射？」李琪看看計分板，聽着旁述的統計，個人單節投進四個三分球，送出四個助攻，為球隊領先「煜TATOO」十六分。第三節尚餘兩分鐘。

「沉靜的殺手突如其來的大爆發，殺『煜TATOO』一個措手不及啊！」球評家不禁提出一個問題：「名越川克制不了李琪，球隊喊了兩次暫停都阻不了，這場比賽將進入『無懸念』的地步了嗎？」

二十秒暫停時限將到，池田教練即時作出調動，收起元兆華，重新派出上本直宏，跟馮英、名越川、凌昭如、市川信明組成黃金戰陣。「本來我打算用這個組合來對付『騰龍』，唉！如今……先扳下對手再算吧！」池田教練強裝鎮定，心中煞是惆悵，看見一眾「騰龍」分析員坐在對面觀眾席上作紀錄，便知道自己的如意算盤從此敲不響。

「用我吧！縮回十分差距才能打下去。」危急之際，凌昭如主動請纓，又道：「問題不在於我們的防守，是我們突然被李琪領軍打亂了節奏，進攻上倚重的外投全然啞火。」一名越川點頭贊同，跟馮英道：「打回傳統的猶他爵士陣法吧！我和上本，會在弱邊等候。」

所謂傳統的猶他爵士陣法，是九十年代NBA猶他爵士隊的著名戰術，由史上助攻次數最多的經典控衛——John Stockton，配搭超級大前鋒「郵差」Karl Malone，運用幾種Pick and Roll征服聯盟，相比近十年的小球跑轟風，崇尚三分外線戰術和快攻打法截然不同。而在今日，此時此刻的「煜TATOO」，絕對有條件重返上世紀九十年代！

因為，他們擁有兩名對這種打法極之熟練的老將——馮英、凌昭如。他們將要合體！

「太平洋石油」繼續以人盯人方式防守，由大三三區域陷阱到人盯人，變陣之快實是一等一，可是馮英指揮若定，上本直宏在弱邊的零度位，名越川在另一邊的四十五度三分線外靜候，市川信明走到禁區底線外三步左右，空出一個 Pick and Roll 的舞台，讓凌昭如主動出擊——高位單擋。

馮英不徐不疾，掌控手上的籃球，也掌控着郭子丹的防守，時左時右，直到凌昭如現身一刻，他才 Crossover 運球切入，郭子丹不是不知道馮英的打算，可是沒法子破開厚實的凌昭如，眼看馮英人若利刃，中路突刺，急停跳射，命中！

「他選擇中距離跳射，是怕了楊濤在內線的協防。」郭子丹跟楊濤使個眼色，楊濤指指自己，道：「下一個攻勢，我會早一點封他的去路！」

豈料，故技重施的同時，馮英又有了新的變化，這次他運球到四十五度，指使名越川過底切線，凌昭如依樣葫蘆上前單擋，馮英壓着郭子丹，箭步突破殺進禁區，李琪和楊濤急忙放棄自己要盯緊的球員，趕進中路協防……

「慘了，中計了！他不是要投，也不是剷籃！」楊濤計算到的，卻沒預計真的發生——馮英引得協防，順手高拋「拆你屋」傳球，凌昭如Roll in、邁步、躍升，人型戰甲好像裝上了火箭推進器，空接、單手，劈柴式入樽！楊濤回頭一望，體育記者的閃光燈同步乍現，捕捉到凌昭如力壓楊濤強勢入樽的一幀特寫海報照片。且別忘記，楊濤鮮有成為別人的「海報配角」，卻見凌昭如宛若巨靈之神，從進攻端上君臨天下。

第三節最後的兩分鐘至完場，馮英和凌昭如再度成了「煜TATOO」的救命靈藥。上本直宏和名越川各進一記三分球，都拜他們的Pick and Roll戰術所賜，把比分收窄到八分——96：88。

仍有懸念的第四節

當雙方實力相距不夠一厘米的形勢下，別以為區區領先十分八分就可以笑到最後。有實力的強隊往往能抓住對手的弱點，於短時間一輪急攻猛炸後極速翻盤。

港區聯賽的分組冠軍戰，終於來到了第四節，「太平洋石油」領先「煜TATOO」八分。有球迷在賽事休息時間接受記者採訪，猜測最後哪隊可以握緊季後賽總冠軍戰的入場券，受訪者都紛紛表示：「不知道。」其中一個球迷分析得挺合理，他道：「上本直宏、名越川都是單打高手，馮英搭配凌昭如，加上夏木一雄或市川信明當苦力，理論上該可以在三分鐘內扳平，只要……克制得住黃庭軒和李琪的外圍火力，殷青藍雖然着火，上本該抵擋得住，關鍵在於楊濤了，他在整場比賽中少有地僅得十分，明顯在進攻端有所保留呢！」

記者問：「那你最期待見到的畫面是……」

「當然是楊濤硬撼凌昭如啦！暴龍大戰人型裝甲，拳拳到肉啊！」球迷興奮地磨拳擦掌，好像自己在場上比賽一樣。

最終，第四節正式開打。

球迷的期待沒有變成空想。

「煜TATOO」續用馮英、凌昭如Pick and Roll、Pick and Pop戰術，上本直宏和名越川擔當冷箭手的角色，隨時接應傳球，一話不說出手。若投不中，有霸凌籃底的凌昭如，投中！即時全場緊逼，拖慢「太平洋石油」憑郭子丹的Early Offense，先擋截了高速子彈，把節奏握在己隊手中。終於，三分鐘後，兩隊以一百分打成平手。

球評旁述不忘盛讚表現超卓的凌昭如，攻守皆勤，許多Second Chance都是他的籃板球而來，許多補籃命中也是他勤力卡位得來，甚至是球迷最想看見的肉搏「暴龍天王」亦不欺場。

「砰！」楊濤奮力搶板，凌昭如雖失半個身位，仍要守住籃底，結果被楊濤轉身時撞飛倒地！

「吣！」球證鳴哨：「凌昭如拉人犯規，楊濤得分，兼得罰球！」

「起來啊！大哥！起來！」觀眾席上的凌少軍聲嘶力竭的叫喊。凌昭如伏在地上，一灘汗水四濺，一時間被撞到了胸口氣門，難以呼吸。

「通天眼」顏爺為他歎息，道：「畢竟老將歸老，三十七歲的體能拚盡了，楊濤在禁區猛攻的威力不是常人能擋是真，凌昭如是老黃忠亦是真。」

比賽來到最後四分鐘，楊濤先後五次主攻，中投、爆籃、劏籃，招招朝着凌昭如來攻，先不理分數多少，楊濤和隊友們都深知，要打敗「煜TATOO」，就要殺掉他們的靈魂。這場戰事的靈魂，明顯是一手在第三節帶動「猶他爵士」打法的凌昭如，幹掉他，拿下這一場便好辦。

當楊濤投進罰球後，他已連得十一分，為球隊打開了一段小高潮，分數輕微拉開八分。「煜TATOO」急需用上最後一次暫停嗎？

「不！教練！信我們吧！」上本直宏跟池田加佑道：「我們仍相信老將有火呀！」

馮英和名越川扶起凌昭如，球賽再度展開。凌昭如深呼吸一下，明顯地，步大卻不力雄，是捱着打下去，還是捱着被打？「我還可以的！老兄！」他跟馮英做個進攻手勢。

上本直宏接應馮英的傳送，殷青藍已在面前，是切？是傳？

是切！極速第一步仍快得很！

殷青藍被上本直宏一晃一切，甩開半個身位，白白看着上本直宏在罰球線 Fade Away 跳投——殷青藍飛身封阻的左手輕輕一碰，干擾了航道——籃球在球框轉了兩圈滑出——楊濤卡位爭搶防守籃板球，卻被凌昭如着了先機，一手擒下，在籃底一伴一轉身，另一成名絕技「小天勾」中鵠，兼禮尚往來搏得楊濤犯規！

全場登時起立歡呼！為老將凌昭如歡呼！

「馮英，上本，我投罰球了。」凌昭如站在罰球線上，抬頭望向時鐘，最後三分多鐘，六分差距，來吧！賭一次吧！

「我投罰球了」是個暗號，其他隊友心領神會，暗下驚歎着：「藝高人膽大！還有時間追分，有必要嗎？」

有・必・要！因為對自己極有信心！

凌昭如投出罰球，稍微加力，撞向後框彈出，眾人奮勇爭搶，凌昭如窺準機會，撞進人羣中一起爭奪——拍！拍！拍！球在空中，人在空中，碰碰撞撞幾次，殷青藍躍得最高，卻被凌昭如的肘頂開了，籃板球最後又回到他手上——上本直宏就在後方，馮英在面前。

「馮英！給我投進去吧！」凌昭如選擇傳給馮英，他不辱使命，轟中一記遠距離三分球，比分收窄至三分。

第四節，仍是滿有懸念。

隨後「太平洋石油」兩個失誤，被名越川打個一人快攻，再度攀平。

隨後，黃庭軒硬闖禁區，在凌昭如面前來一個Tear Drop再度領先。

隨後，殷青藍和上本直宏各自投失罰球和中距離，郭子丹、李琪三投一中，後又被名越川冷靜地放出一支三分冷箭，反超兩分。

隨後，場館的氣氛、球迷的情緒愈來愈高漲，楊濤發瘋似的投進了兩個中距離擦板球，再度領先兩分。

隨後，只餘最後十秒……「煜TATOO」得到界外球權，等如得到一個絕殺機會……

（全文完）

（欲知「煜TATOO」能否絕殺成功，闖進季後賽總冠軍戰？敬請期待續集。）